그림 앞에서
나를 만나다

그림 앞에서 나를 만나다

예술향유자 14인이 전하는 삶과 위로의 이야기

초 판 1쇄 2025년 12월 23일

지은이 권새봄, 김단비, 김미경, 김성아, 김은신, 민대희, 박미진, 유은정, 이경숙,
이영미, 정은희, 정혜원, 한윤선, 허제선
펴낸이 류종렬

펴낸곳 미다스북스
본부장 임종익
편집장 이다경, 김가영
디자인 윤가희, 임인영
책임진행 이예나, 김요섭, 안채원, 김은진, 국소리

등록 2001년 3월 21일 제2001-000040호
주소 서울시 마포구 양화로 133 서교타워 711호
전화 02) 322-7802~3
팩스 02) 6007-1845
블로그 http://blog.naver.com/midasbooks
전자주소 midasbooks@hanmail.net
페이스북 https://www.facebook.com/midasbooks425
인스타그램 https://www.instagram.com/midasbooks

ISBN 979-11-7355-627-2 03810)

값 19,000원

미다스북스는 다음세대에게 필요한 지혜와 교양을 생각합니다.

그림 앞에서
나를 만나다

예술향유자 14인이 전하는 삶과 위로의 이야기

✦

권새봄 김단비 김미경 김성아 김은신 민대희 박미진
유은정 이경숙 이영미 정은희 정혜원 한윤선 허제선

미다스북스

추천사

   예술은 독백 같다고 생각했습니다. 음악도 미술도 문학도 마치 무대 위의 독백이 아닌가 하고요. 덩그러니 벽에 걸린 그림의 독백이 좋아서 그 앞에서 오래 귀 기울이곤 했습니다. 그런데 예술을 교육으로, 향유를 콘텐츠로 만들며 예술에 대한 오해가 깨졌습니다. 예술은 독백이 아니라 대화고 소통이었어요. 여기 바로 그 증인들이 있습니다. 그림 한 점으로 나를 만나는 사람들, 그림 앞에서 당신을 듣는 사람들, 그림과 함께 삶을 이야기하는 사람들, 처음에 우리가 만났을 때는 예술 향유라는 말도 어색했습니다. 하지만 수많은 그림을 응시하고 기록하며 예술 향유자이자 교육자로 거듭나게 됐습니다. 이 책은 그동안의 시간과 진심의 기록이자, 삶과 예술이 만나 우리가 어떻게 변화했는지를 보여주는 생생한 성장기입니다. 누구나 예술을 누리는 시대 같지만 이만큼 뜨겁게 만나는 사람들은 없을 거예요. 이제 예술은 더 이상 독백이 아닙니다. 생의 구체적인 질문이고 저마다의 답이고 의미 있는 매개이자 아름다운 향유재입니다. 그리 만들어가는 사람들이 여기 있습니다. 그리고 여러분도 함께 하자고 다정한 손을 내밀어봅니다.

임지영

예술 칼럼니스트, 예술교육자, '즐거운예감(artwith.kr)' 운영,
『느리게 걷는 미술관』, 『그림과 글이 만나는 예술 수업』, 『봄 말고 그림』 저자

프롤로그
그림과 마주하는 당신에게

　그림은 어렵고, 갤러리에 가는 사람은 따로 있다고 생각했다. 전시회는 부자나 전공자, 혹은 그림을 아는 사람이 가는 곳이라는 선입견이 있었다. 첫걸음을 내딛기는 어려웠지만 그림을 감상하며 나아가다 보니 어느새 향유자가 되어 있었다. 지금 생각해 보면 왜 그렇게까지 어려워했나 싶다. 예술에는 정답이 없는데 말이다. 그림을 있는 그대로 보고 느끼는 대신 숨겨진 의미를 찾고 해석하려 했기 때문이었다. 존재하지도 않는 정답을 찾으려 했기에 어려울 수밖에 없었다. 사람들이 보고 있는 것을 나만 보지 못함이 두려웠다. 특히 '무제'라는 제목은 너무나 싫었다. 도대체 무엇을 말하려는 거지? 다들 뭘 보고 있는 거지? 아무 힌트도 없는 거야? 여유롭게 그림을 즐기는 사람들 사이에서 나만 동떨어져 있는 기분이 들었다. 괜히 얼굴을 붉힌 채 황급히 전시장을 빠져나오기도 했었다.

"내 마음이 닿는 단 한 점을 찾을 것" 예술의 전당에서 열린 사진전에서 들었던 말이다. 오디오를 통해 전해진 한마디가 어찌나 위로되던지. 그래, 세상의 모든 그림을 볼 수도 없고, 그림을 본다고 전부 알 수도 없다. 욕심을 내려놓자 마음이 편해졌다. 그날 이후로 나는 숙제라도 하는 것처럼 모든 그림을 보려 조급해하지 않는다. 모르는 것을 굳이 알려고 애쓰지도 않는다. 대신, 나만의 단 한 점이 있으리라 믿으며 여유롭게 발걸음을 옮긴다. 그림은 머리로 이해하는 게 아니라 가슴으로 느끼는 것임을 깨닫고 나니, 그림은 한결 친근해졌고 전시회도 익숙해졌다.

나만의 한 점을 찾다 보면 발걸음을 멈추게 하는 그림이 있다. 이유 없이 끌리는 그림이 있고, 뭔가 할 말이 많아 보이는 그림도 있다. 그런 그림은 종종 말을 건네기도 한다. 그림에 나를 비춰 보기도 한다. 그림으로 들어가 나 자신과 대화를 나누기도 한다. 그림 속에는 상처받은 내가 있고, 그리운 사람이 있고, 잊고 살았던 과거도 있다. 그림은 말벗이었고 거울이었고 그 자체로 하나의 세상이었다.

예술향유자 14인이 그림에서 받은 느낌과 생각을 한 권의 책으로 엮었다. 그림은 우리에게 추억을 떠올리게 했고, 위로의 말을 건네기도 했다. 어떤 이는 엄마를 생각했고 어떤 이는 오빠를 용서했다. 그림 속에서 누군가는 투병 생활을 이겨 낼 힘을 받았고, 누군가는 새장에서 빠져나올 용기를 얻었다. 소중한 사람과의 여행을 떠올리기도 하고, 현재를 되돌아보며 감사의 마음을 되새길 수도 있었다.

우리는 그림을 보고 글을 쓰며, 자신의 마음을 읽었다. 잊고 살았던 그리움과 미처 깨닫지 못했던 사랑을 보았다. 우리는 이 마음을 전하고 싶은 사람을 떠올렸고, 그들에게 포근한 용기를, 따듯한 말 한마디를, 그리고 사랑한다는 말을 전하고 싶었다. 14명의 진심 어린 그림의 말이모여 『그림 앞에서 나를 만나다』가 되었다. 그림으로 전하는 우리들의 말이 읽는 당신에게 작은 위로와 응원이 되길 소망한다.

　우리는 그림을 사고 모으는 컬렉터가 아니다. 전공자도, 전문가도 아니다. 그림을 보며 생각하고 공감하며 글을 쓰는 향유자들이다. 책을 읽으며 저자와 공감하듯 그림을 보며 작가와 소통한다. 그림이 특정한 계층이나 집단의 소유물이 아님을, 누구라도 즐길 수 있고 또한 공감할 수 있음을 말하고 싶었다. 이 책을 읽는 당신도 그림을 즐기고, 그림이 전하는 말들로 위로받는 향유자가 되길 바란다. 당신과 함께 예술의 기쁨을 나누고 싶다. 나는 당신이 행복했으면 좋겠다.

목 차

4장 + 행복과 손잡다 그림으로 만나는 일상의 행복

5장 + 삶과 마주하다 삶을 돌아보는 그림

1장

마음이 머물다

✦
✦
✦

내 마음에 다가온 그림

민율, 〈나무의자〉, 2024, Oil on Canvas, 60.6x72.7cm

김미경

가을이 앉은 자리

이른 아침, 방에서 나오니 거실 공기가 서늘하다. 밤새 에어컨이라도 틀었는지 둘러보지만, 적막 속에 새벽공기 만 앉아 있다. 그렇게 가을은 새벽공기를 타고 가장 먼저 달려왔나 보다. 새벽에 맡는 가을 냄새. 아직은 서늘함보 다 신선하고 쾌적함으로 느껴진다. 베란다 너머 공원에는 이미 많은 사람들이 아침 산책과 달리기로 하루를 시작하 고 있다. 가을은 먼저 느끼는 자의 몫이라는데, 새벽 공기 를 마시며 뛰는 저 사람들이 가장 먼저 가을을 느끼는 이 들일까.

지난여름은 너무 더워 바깥에 나가기가 두려웠다. 그럼 에도 앞으로는 올해가 가장 시원한 여름으로 기억될 거라

는 말에 가슴이 철렁 내려앉았다. 집에 앉아서 24시간 에
어컨을 틀어놓고 생활하긴 처음이었다. '우선은 살고 봐야
지'라며 켜던 에어컨이지만, 막상 우편함에 꽂힌 관리비
고지서를 꺼낼 때는 폭탄 고지서일까 후들후들 가슴이 떨
리는 나는 영락없는 소시민이다.

　점점 높아지는 하늘. 절대 오지 않을 것 같던 가을이 서
서히 올 채비를 하고 있나 보다. 여름내 낮았던 하늘에 뭉
게구름이 가득하더니 어느새 하늘이 파래지고 있다. 추석
을 앞두고 마트에 등장한 빨간 사과며 풋대추, 단감이 반
갑다. 아 가을이구나. 마트에서나 계절을 느끼는 도시의
삶이 팍팍하게 느껴진다. 하지만 계절은 얼마나 신실한
가. 때가 되면 약속을 지켜 어김없이 찾아오는 계절이 고
맙고 기특하다.

　민율 작가의 그림은 이미 가을이다. 쨍하게 파란 하늘
위에 흩어진 흰 구름만이 아직 여름임을 말한다. 그리고
무성한 나무 위에 비어 있는 의자 하나. 누구를 기다리는
걸까? 나도 나무 꼭대기에 놓인 의자에 앉아 눈이 닿는 끝

까지 세상을 바라보고 싶다. 늘 아웅다웅, 눈 가린 말처럼 오로지 앞만 보고 살았다. 더러는 옆도, 다른 세상도 바라 봐야 하는데 말이다. 저 멀리에는 어떤 사람이 사는지, 어떤 모습으로 살고 있는지, 높이 앉아 사방을 둘러보면, 나의 시야가 커진 만큼 마음도 커지고 맑은 눈을 갖게 될 것만 같다.

나는 나무 위 비어 있는 의자에 초대하고 싶은 사람들을 떠올린다. 그간 너무 덥다는 이유로 날 선선해지면 만나자 약속했던 사람들, 문득 무엇을 하고 있을지 궁금했던 사람들. 나는 그들에게 내 나무 위의 의자에서는 굳이 말하지 않아도 된다고, 그냥 앉았다가 가라고 말하고 싶다. 그냥 곁에 있어서 좋은 사람들이니까. 대신 지난했던 여름을 버텨 낸 그들이 먼 곳을 바라보며 몸에 스치는 바람으로 가을을 느꼈으면 좋겠다. 사람이 그리워지는 걸 보니 가을이 오나 보다. 그간 소원했던 사람들에게 전화라도 넣어 봐야겠다.

그림이 건네는 질문

+ **당신이 문득, 가을을 느끼는 때는 언제인가요?**
+ **나무 위 의자에 초대하고 싶은 사람은 누구인가요?**

김종명, 〈Cage 4〉, 2024, Acrylic on Canvas, 33.4x45.5cm

한윤선

나를 가두지 말아요

하루를 돌아보면 왜 이렇게 종종거리고 사나 싶을 때가 있다. 아침 일찍 허둥지둥 출근해 정신없이 지내다 보면 점심을 놓치는 경우도 허다하다. 허기를 달래려고 이동하는 차 안에서 김밥을 먹거나 그마저도 여의치 않으면 커피로 때우기 일쑤였다. 일정을 끝내고, 집으로 돌아오면 영락없이 치우지 않은 그릇들과 어질러진 물건들이 나를 기다렸다. 뻔히 보이는 어지러움을 모른 척할 수 없어 설거지하고 청소를 했다. 가끔은 옷도 갈아입지 못한 채 식탁을 채웠지만 정작 내게는 무언가를 넘길 기력조차 남아 있지 않았다. 모든 에너지를 소진하고 쓰러져 잠이 들기 일쑤였다. 힘들다는 볼멘소리라도 하면 나에게 돌아오는 남편의 대답은 늘 비슷했다. "너보고 일하라고 한 적

없어. 네가 원한 거 아니야. 그러면서 왜 생색을 내." 내가 일하기 때문에 가족들이 피해를 본다고 말하지나 않으면 다행이었다. 나는 그저 "애썼어, 우리가 있잖아. 힘내."라는 말이 듣고 싶었을 뿐인데. 어느새 커버린 아이들도 늘 알았다고만 할 뿐 예전처럼 내 말에 귀 기울이지 않았다.

가족이란 이름으로 한 공간에 있지만, 마치 머나먼 우주에 홀로 있는 듯하다. 지금까지 가족을 위해 끼니를 차리고 집 안을 돌보며 제대로 쉬지도 못한 채 버텨온 시간이 허무하게 느껴진다. 그럴 때면 차라리 익명의 누군가로 살고 싶었다. 누군가의 아내, 누군가의 며느리, 누군가의 엄마. 내 이름 아래 나를 붙잡는 모든 역할이 부담스럽고 버거웠다. 짊어진 책임과 의무를 벗어던지고 아무도 나를 모르는 곳으로 떠나고 싶었다. 언제부턴가 집이 불편해졌다. 나만 바라보는 눈동자들…. 필요한 것을 말하기보단 으레 알아서 챙겨주길 바라는 남편과 아이들의 당연함과 무심함이 끔찍했다.

어릴 적에는 화가가 되어 자유롭게 여러 나라를 돌아다

니고 싶었다. 영화에 나오는 히피족처럼 말이다. 화려한 패턴의 옷을 내추럴하게 걸쳐 입고 긴 머리를 휘날리며 목적지 없이 떠돌아다니는 그들이 진정한 자유인처럼 보였다. 그렇게 세상 물정 모르던 나였지만, 직장에 들어가서 마주한 현실은 생각보다 냉혹했다. 자유를 위해 손에 움켜쥔 것을 버릴 수 있는 사람은 많지 않다. 그래서 나는 세상과 타협하기로 마음먹고 결혼도 조건을 고려하여 선택했다. 물론 그때의 내가 생각하지 못한 부분이 더 많았지만 나름 고심한 결과였다. 지금 와서 생각해 보면 가장 큰 문제는 사람들이 정해놓은 기준을 좇아가느라 내 마음을 제대로 살피지 못했다는 점이다. 내가 진심으로 원하는 것이 무엇인지 고민하지 않았다. 가끔은 용기를 내서 새로운 도전도 하고 싶었지만, 현실에서는 늘 실패에 대한 두려움과 불안이 커서 뒷걸음치기에 바빴다. 결국 자신을 스스로 새장 속에 가둔 채, 점점 나를 잃어가고 있었는지도 모르겠다.

그래서일까. 새장 속 무성한 풀숲에서 눈을 뗄 수가 없었다. 수풀 속에 누가 있기라도 한 걸까. 두 마리 작은 새가 보랏빛 새장 주변을 맴돌고 있다. 어서 틀을 깨고 새장 밖으로 나오라고 끊임없이 두드리고 소리치는 듯했다. 새장 주변으로 어지럽게 늘어선 타원들이 무언가 전달하려는 소리의 파동처럼 느껴졌다. 마치 살아 움직이는 것만 같았다. 한참 동안 새장 속 풀숲을 바라보다 보니, 그곳에 갇힌 이가 나인 것만 같아 꺼내 주고 싶었다. 하늘을 나는 새들처럼 자유로워지고 싶은데 어떻게 해야 할지 몰라 막막하기만 했다.

　아이들이 하나, 둘 성인이 되어 가니 일일이 챙길 필요가 없어 몸은 편해졌지만, 더 이상 내 존재가 가족에게 필요하지 않은 것 같다. 누구나 겪는 자연스러운 일이고 정상적인 감정이라고 하는데 불현듯 밀려드는 상실감은 어쩔 수 없다. 일상을 무기력하게 보내거나 사람들을 냉소적으로 대하게 된다. 남편이나 아이들과 진솔한 대화를 나누며 내 감정을 위로하고 존중받고 싶지만, 이런 나를 진심으로 이해할까 싶어 욕심처럼 느껴진다. 오히려 일상에 변화를 줄 수 있는 취미를 찾거나 새로운 관계를 만드는 것이 현명하지 않을까 싶다. 무엇보다 내 마음에 집중

하는 시간을 늘리고 조금은 느리게 살고 싶다. 다른 사람
의 시선을 신경 쓰느라 내가 하고 싶은 일을 하지 못한 경
우가 많았다. 지금부터라도 있는 그대로의 내 모습을 아
끼고 살피며 나 자신을 소중하게 대해야겠다. 여전히 두
렵고 불안하지만, 이것이 새롭게 시작할 기회일 수 있으
니 말이다. 그동안 바쁘다는 핑계로 미루어 왔던 그림을
다시 그리는 일부터 하나씩 시작해 보자. 마침내 새장 밖
으로 나온 나에게 응원을 보낸다.

그림이 건네는 질문

+ **당신이 경험한 '보이지 않는 새장'은 어떤 모습 또는 감정
  이었나요?**

+ **지금의 당신은 어떻게 자신을 위로하고, 응원하며 살아가
  고 있나요?**

귀스타브 쿠르베, 〈덫에 걸린 여우〉, 1860, 캔버스에 유채, 82.5x100.5cm

유은정

선물 같은 하루, 오늘

김영하 작가가 TV 프로그램에 나와서 말했다. 암에 걸린 사람은 자신이 암 환자가 되었다고 말하지 않으려 한다고. 그 이유는 암 환자라고 말하는 순간 그 사람의 모든 정체성이 암 환자로 국한되어지기 때문이다. 나는 2023년 9월에 암 환자가 되었다. 폐암 4기였다. 시작은 코로나였는데 호전될 기미가 보이지 않았다. 의사는 폐렴 진단을 내렸지만, 염증 수치가 나오지 않자, 상급 병원에 가보라고 했다. 가장 먼저 삼성병원에 전화했는데 바로 다음 날 혈액종양내과 진료 예약을 잡을 수 있었다. 누군가 진료를 취소해서 자리가 난 것이다. 기적 같은 일이었다. 진료받던 병원에서 가져간 CT를 확인한 의사는 조직검사를 해 보자고 했다. 암이 의심된다는 주치의의 말에 남편은 장탄식하며 눈물을 흘렸지만, 나는 아무런 마음의 동요도 일지 않고 눈물도 나지 않았다.

　일본 여행 중 국립서양미술관에서 구스타브 쿠르베의 그림을 만났다. 덫에 걸린 여우가 암에 발목 잡힌 내 모습 같았다. 아프지 않았다면 눈에 들어오지 않았을 그림이다. 동물의 왕국에 나오는 한 장면 정도로 여겼을 것이다. '어이쿠 가여워라, 어쩌다 덫에 걸렸을까. 조심 좀 하지…. 불쌍하다.' 그리고 말았을 거다. 추운 겨울 눈 덮인 산속을 배회하던 여우, 익숙하고 안전하다고 생각한 그 공간에서 덫에 걸렸다. 여우는 삶과 죽음의 기로에 서 있다. 잔뜩 웅크린 몸은 여우가 느끼는 충격과 공포를 보여 준다. 여우는 가느다란 비명을 지르고 있다. 여우의 시선이 어딘가에 고정되어 있다. 덫을 풀어 줄 구원자가 다가오고 있을까? 아니면 여우의 삶을 끝낼 사냥꾼이 기다리고 있을까?

　암에 걸렸다는 소식을 전해 들은 지인들은 날 끌어안고 울었다. 남편은 조직검사와 진단 확정 그리고 항암 약을 처방받기까지 걸린 두 달여 동안 무려 8kg이나 체중이 빠졌다. 산소포화도가 90 정도밖에 안 되니 걷기도 힘들었다. 등산지팡이에 의지해야 겨우 발걸음을 뗄 수 있었다. 숨쉬기가 힘들어 창틀에 코를 박고 바깥 공기를 들이마셨다. 계속되는 기침과 객혈로 잠들지 못하는 날들이 많았다. 체력은 바닥까지 떨어졌고, 숨쉬기조차 어려우니 '아…. 이렇게 죽겠구나.' 하는 생각이 절로 들었다. '덫에 걸린 여우도 그랬을까? 이게 무슨 일이야? 나 죽는 거야? 왜 하필 나지? 이리 오지 말걸…. 누가 여기에 덫을 놓았을까? 하…. 왜 발견하지 못했지? 조심할 걸….' 나도 암이라는 덫에 걸려버렸다. '이게 무슨 일이야? 나 죽는 거야? 다른 방법은 없는 걸까?' 암은 단숨에 모든 일상을 멈춰 세웠다.

여우는 이전으로 돌아갈 수 없을 것이다. 누군가 나타나 덫을 풀어준다 한들 다리가 온전하지 않을 것이다. 사냥꾼을 만났다면 여우는 살아남기 힘들 것이다. 나는 아직 살려달라는 말을 하지 못했다. 그저 놀람의 비명만 질렀을 뿐이다. 그림 속의 여우처럼 몸을 웅크리고 잔뜩 겁에 질려 바들바들 떨고만 있었다. 암 투병을 시작한 지도 벌

써 1년이 되어 간다. 매일 약을 먹고 3개월에 한 번씩 CT
와 MRI를 찍으며 병을 관찰하고 있다. 표적 항암 치료하
면서 병세는 호전되었지만, 항암 약의 부작용으로 고통을
겪고 있다.

　암이라는 덫은 갑작스럽게 내 발목을 잡았다. 평범했던
일상을 집어삼켰다. 두 번 다시 별일 없던 어제로 돌아가
지 못할 것이다. 암담한 미래만 남았으니 가장 불쌍한 것
은 나인가? 나의 모든 정체성은 사라지고 이제 암 환자라
는 타이틀만 남은 것일까? 아니다. 여우는 다리 하나를 잃
어도 생명이 붙어 있는 한 들판을 누빌 것이다. 어딘가에
있을 또 다른 덫을 걱정하며 동굴 속으로 숨지 않을 것이
다. 아…. 나는 이제 비명을 질러야겠구나. 살려달라고 살
고 싶다고. 구원자를 향해 울부짖어야겠구나. 그것이 살
겠다는 의지의 표현이 아닐까. 나의 시선은 구원자를 향
해 있다. 죽음 사냥꾼의 시선에 굴하지 않으려 최선을 다
하고 있다. 그림 속의 여우도 구원자를 만났기를 바란다.
덫에서 풀려나 자유롭게 다시 눈밭을 뛰어놀 수 있게 되
기를 기도한다.

　그림을 보는 것은 그렇다. 평소라면 눈에 들어오지 않을 오래된 그림이 나의 삶을 대변하는 이야기가 된다. 수많은 그림, 그냥 스쳐 지나갈 그림이 나를 이해해 주는 그림이 되는 순간, 누구에게도 터놓기 어려웠던 마음이 한 번에 풀리는 경험을 하게 된다. 그림 앞에 오래도록 머문 이유다. 웅크린 여우에게서 억누르고 있던 내 마음을 보았다. 나를 안쓰러워하는 지인들의 마음이 불편했던 이유를 알게 되었다. 살아 있음을 구하는 것은 몸부림이다. 죽고 사는 일에 우아함이 가당키나 할까. 살고 싶다면 간절히 외치고 울고 울어야 할 것이다. 나의 간절한 외침이 구원자에게 들릴 때까지 힘을 다해 외쳐야 한다. 오늘 하루가 선물이다. 나는 이 마음으로 산다. 매일 아침, 나의 하루가 연장되었음을 하나님께 감사드린다. 그리고 내게 허락된 오늘을 기억하고 기록한다. 딸과 야심 차게 떠난 미술관 투어였지만 두 군데로 만족해야 했다. 내 마음과 생각은 아직 푸르고 원대하건만, 나의 육신은 자꾸 제동을 건다. 그렇지만 그저 가여운 삶으로 마감할 수는 없다. 오늘도 나는 도전의 걸음을 걷는다. 비록 자주 멈춰 숨을 고르긴 해야 하지만.

그림이 건네는 질문

+ **인생에서 덫에 걸린 것과 같은 절망을 느껴본 적이 있나요?**

+ **내 안에 슬픔이 차오를 때 어떻게 이겨 내나요?**

알폰스 무하, 〈Ivy〉, 1901, 석판화에 수채, 59x42cm

김딴비

담쟁이처럼, 꿈꾸는 삶에 대하여

알폰스 무하의 그림 〈Ivy〉를 처음 보았을 때, 한참 동안 그 앞을 떠날 수 없었다. 고요한 눈빛을 지닌 여인은 담쟁이덩굴 속에 스며들 듯 자리 잡았고, 그녀의 머리카락과 덩굴은 하나로 얽혀 있었다. 마치 인간과 자연, 꿈과 현실, 여성성과 생명력이 조화를 이루는 듯해 보였다. 난 순간 깨달았다. "아, 이 그림이 바로 나구나." 그림 속 여인은 나를 닮아 있었다. 아니, 정확히는 내가 닮고 싶은 나였다. 나는 스스로를 '꿈꾸는 담쟁이'라 부른다. 삶의 방향이자 다짐이었다. 담쟁이처럼, 작고 조용하지만 멈추지 않고 자라는 존재로 살고 싶었다. 가로막는 벽이 있으면 기어오르고, 그늘이 드리우면 햇살을 찾아 굽이굽이 가지를 뻗는 생명력으로.

문학을 좋아하던 소녀는 꿈이 많았다. 에세이 작가, 그림책 작가, 소설가⋯. 내 이름으로 된 책을 내는 상상을 하며 다이어리에 글을 쓰곤 했다. 꼭꼭 접어 두었던 생각을 글로 풀어내는 시간은 세상의 소란과는 무관하게 흘렀다. 어쩌면 그때부터 이미 나만의 리듬으로 담쟁이를 키우고 있었는지도 모른다. 하지만 현실은 꿈을 곧바로 피워 내도록 허락하지 않았다. 20대의 나는 늘 꿈과 생계 사이에서 줄타기하며 살았다. 책과 가까운 삶을 원했지만, 책을 읽는다고 돈이 벌리지는 않았다.

그래도 포기하지 않았다. 아주 천천히, 담쟁이의 가지처럼 한 걸음씩 나아갔다. '잘해야 한다'는 강박 대신 "지속하고 싶다"는 마음 하나로 시작했다. 작은 시도들이 삶에 작고 푸른 잎사귀를 틔워 주었다. 책을 읽고, 글을 쓰고, 아이들과 이야기를 나누는 시간을 만들며 나만의 삶을 가꾸어갔다. 아이들에게 책을 읽어 주다가, 종종 내 꿈을 다시 만난다. "선생님, 저도 작가가 되고 싶어요.", "글을 쓰면 마음이 좀 편해져요." 그런 말을 들을 때면 문학 소녀였던 내가 아이들의 곁에 함께 앉아 있는 기분이 든

다. 내가 담쟁이라면, 아이들은 새로 돋아나는 잎사귀들
이다. 서로 다른 방향으로 자라지만, 결국은 같은 빛을 향
해 뻗어가는 존재들이다.

무하의 〈Ivy〉 속 여인은 화려하거나 강하지 않다. 하지
만 그녀는 담쟁이와 이미 하나가 되어 있고, 덩굴 속에서
평화롭고 안정된 빛을 띠고 있다. 무언가를 증명하려 하
지 않고, 존재 자체로 자연과 이어지며 자신만의 자리를
지켜 낸다. 그러한 방식의 삶을 오래도록 동경해왔다. 사
람들은 '성공한 삶'에 대해 말할 때 속도와 크기를 먼저 묻
는다. "몇 권을 냈어요?", "그걸로 돈이 되나요?", "그 꿈
으로 어디까지 가고 싶어요?" 마치 담쟁이에게 "언제 꼭
대기까지 오를 건데?"라고 묻는 것처럼. 하지만 나는 이
제 안다. 담쟁이는 꼭대기를 목표로 하지 않는다. 그저 자
신의 길을 따라 자란다. 그것이 바로 내가 믿는, 꿈꾸는
삶의 방식이다.

난 여전히 다양한 꿈을 품고 살아간다. 에세이를 쓰면서
도 그림책의 이야기를 구상하고, 아이들과 나눈 대화에서

소설의 장면을 떠올리며, 언젠가는 내가 만든 책이 누군가의 침대 머리맡에 자리하기를 소망한다. 그 꿈들이 현실에 흔들릴지라도, 나는 믿는다. 담쟁이처럼 키우는 꿈은 오래간다고. 지금의 난 매일 책을 읽고, 글을 쓰고, 누군가의 이야기를 듣는다. 어떤 날은 잘 쓴 문장 하나에 감동하고, 어떤 날은 아이의 짧은 말 한마디에 종일 마음이 따뜻하다. 그 감정들이 내 안에 또 다른 잎사귀를 피운다. 무하의 〈Ivy〉는 조용히, 그러나 분명히 나를 응원해 주고 있는 것 같다. 굳이 말하지 않아도 전해지는 위로처럼. 나는 오늘도 꿈을 키운다. 내가 키운 이 담쟁이의 덩굴이 언젠가 누군가의 마음에 뿌리내릴 걸 믿는다.

그림이 건네는 질문

+ **당신은 지금 어떤 "벽"을 오르고 있나요?**
+ **누군가와의 관계 속에서 "다시 살아 있다."라고 느꼈던 순간은 언제였나요?**

김현영, 〈Here I am〉, 2023, Mixed media on Canvas, 33.4x45.5cm

허제선

안녕, 마음을 그린 편지

안녕? 다정한 인사를 건넨다. 김현영의 〈Here I am〉은 기다림과 설렘이었던 편지를 떠올리게 한다. 연애편지, 감사편지, 축하편지, 위문편지, 화해편지…. 나름의 감정과 사연을 담아 편지 봉투에 우표를 붙이고 빨간 우체통에 넣던 아련한 기억이 따라온다. 편지를 써서 보내는 행위는 단순한 의미 전달을 넘어서 누군가에게 온기를 건네는 일이었다. SNS를 통해 실시간으로 소식을 주고받는 지금은 그때처럼 마음을 담을 틈이 없다. 기다림은 견딜 수 없고 간격은 짧아져만 간다. 빠름은 관계가 천천히 스며드는 시간을 허락하지 않는다. 그래서일까. 이따금 느린 호흡 속에서 오롯이 전해지던 마음의 결이 그리워진다.

〈Here I am〉에는 그 시절의 느릿한 낭만이 고스란히 담겨 있다. 서로의 감정과 생각을 천천히 주고받던 시절의 순수함이 묻어난다. 스마트폰이 없던 시절, 편지를 쓰고 나면 기다림은 당연했다. 답장을 기다리는 순간마저 기쁨이었다. 유치원 때 부모님께 "사랑해요!"라고 삐뚤삐뚤하게 쓴 것이 내 인생 첫 편지로 기억된다. 초등학교 때는 군인 아저씨께 위문편지를 보냈고, 10대 학창 시절에는 친구와 서로 읽은 책 이야기를 나눴다. 대학생이 되어선 군대 간 동기들에게 학교 소식과 안부를 전했다. 마지막으로 편지를 썼던 게 언제였더라? 아마 어학연수 중 가족과 친구들에게 외로움을 담아 보냈던 때였을 것이다. 그 시절의 나는 지금보다 솔직했고 마음을 전하는 것을 두려워하지 않았다.

그동안 받은 편지를 모아 둔 상자가 있다. 상자를 열 때마다 시간 여행을 떠나는 기분이다. 종이의 질감과 손 글씨의 눌림, 작은 그림과 장난스러운 말투 속에 과거의 내가 오롯이 살아 있다. 그 안에는 말랑한 감성과 따뜻한 마음, 그 시절의 내가 겪었던 고민과 기쁨이 고스란히 담겨 있다. 당연히 내가 썼던 편지는 남아 있지 않다. 그래서 받은 편지 속 구절들을 곱씹으며 당시의 나를 조심스럽게 쌓아 올려 본다. 사람들의 이야기를 통해 흩어진 나의 시간을 퍼즐 맞추듯 이어 본다. 편지를 쓴 나, 그리고 그것을 읽었던 누군가의 마음이 그 속에서 교차한다. TV 프로그램 〈유퀴즈〉에서 미래의 나, 혹은 과거의 나에게 영상 편지를 남기는 장면을 볼 때가 있다. 출연자들은 쑥스러워하다가도 어느새 진심을 꺼내 놓는다. 나도 오글거림을 누르고, 과거의 나에게 편지를 써 본다.

"안녕? 지금의 나는 하루하루 열심히 살아 낸 네가 참 기특해. 그때그때 할 수 있는 최선을 다해 선택해 왔지. 물론 완벽하진 않았고, 부끄러운 순간도 많았을 거야. 하지만 오름과 내림 속에서도 넌 결국 앞으로 나아갔고, 그 모든 경험이 너의 삶에 색을 입혀 줬단다. 언젠가부터 너만의 취향도 생겼고, 세상을 바라보는 눈도 조금씩 또렷해졌지. 사람을 이해하고 배려하는 마음도 쑥쑥 자라났어. 어쩌면 네가 지금의 나를 조금은 애틋해할지도 모르겠지만, 괜찮아. 삶은 자연을 닮아가니까. 자연스러운 흐름을 기꺼이 받아들여 주면 좋겠어. 그리고 이제는 미래의 내가 지금의 나를 돌아볼 때, 흐뭇하게 미소 지을 수 있도록 잘 살아 보려 해. 너에게, 고맙고 또 고마워. 안녕."

김현영의 〈Here I am〉에는 꽃다발과 밤하늘이 함께 담겨 있다. 땅과 별 사이에서, 작고 하얀 새가 조용히 고개를 들고 있다. 땅을 딛고 우주를 바라보는 시선은 어느 날의 나이자, 지금의 우리 모두일지도 모른다. 편지 안에는 우리의 마음과 삶이 또박또박 발자국처럼 찍혀 있다. 어떤 이야기를 남길지는 우리 각자의 몫이다. 그리운 사람에게, 내일의 나에게, 혹은 아직 만나지 못한 누군가에게. 문득 편지를 쓰고 싶어진다. 안녕? 다정한 인사와 함께, 오래도록 마음을 전하고 싶다.

그림이 건네는 질문

+ **빠름이 일상이 된 지금, '기다림'은 우리 삶에 어떤 의미를 남기고 있을까요?**
+ **오늘 하루, 떠오르는 누군가에게 마음을 담은 한 문장을 써 보면 어떨까요?**

민대희, 〈곧〉, 2024, 디지털드로잉, 15x21cm

정은희

함께 자라는 시간

밤사이 눈이 소복이 내린 다음 날 새벽, 학교 운동장을 걷는 기분은 경험해 본 사람만 알 수 있는 즐거움이다. 새하얀 눈밭에 나의 발자국을 남기는 상상만 해도 저절로 입꼬리가 씩 올라간다. 운동장을 천천히 한 바퀴 걸어 시작점에 돌아오면 더한 즐거움과 만난다. 내 발자국을 보면서 두 번째 트랙을 걷는 일이다. 내가 남긴 발자국을 따라 걸으면, 마치 나의 뒷모습을 보는 것 같아 묘하다. 짜릿하고도 뭉클하다. 반듯하게 똑바로 걸어간 모습, 이쪽저쪽으로 왔다 갔다 한 모습, 우습게도 모두 내 족적이다.

민대희 작가의 디지털드로잉 〈곧〉이라는 작품이 내 눈에 들어온 건 바로 그런 경험 때문이었다. 많은 작품 속에서도 유난히 도드라졌다. 작품을 보고 돌아서려는 발걸음을 자꾸만 붙들었다. 다른 작품으로 시선을 돌렸다가도 다시 돌아보게 했다. 한 아이가 산을 오르고 있다. 눈앞에 나타난 산 정상이 얼마나 반가웠으면 저렇게 두 손을 번쩍 들었을까. 그 천진난만함에 피식 웃음이 났다.

서른이 넘어도 어린애 같은 딸을 닮았다. 요즘은 무뚝뚝한 아들보다 딸을 선호한다는데 우리 집은 반대다. 가족 단톡방에서 안부를 묻는 부모에게 딸은 문자 대신 간단한 이모티콘으로 답한다. 한 번은 아들이 가족 대화방에 무엇을 하고 있냐고 물었는데 딸은 숫자 '1'만 달랑 남겼다. 나는 순간 '일하는 중'이라는 의미로 알아듣고 그 간결한 대답에 혼자 웃었다. 딸은 전화로 부모의 안부를 묻는 일도 거의 없다. 어쩌다 내가 먼저 전화를 걸면 '엄마 왜~?' 하며 어린아이처럼 받는다. 기차 시간이 다 되어도 서두르지 않는다. 무슨 샤워를 그리 오래 하는지. 기차를 놓칠까 노심초사하는 것도 내 몫이고, 결국 애가 타서 차에 시동을 켜고 기다리는 것도 내 쪽이다.

나는 딸이 갓난아기였을 때부터 프리랜서로 일을 했다. 일하는 시간이 불규칙해서 유치원 가는 5살 딸에게 아침마다 하루의 일정을 설명했다. 요일별로 유치원을 하교한 이후의 일정이 달랐기 때문이다. 엄마가 유치원으로 데리러 가는 날도 있고 하원 후에 다른 학원 차를 타는 날도 있었다. 학원 차를 타는 위치, 차의 크기와 모양, 색깔을 아이에게 옷을 입히면서 열심히 설명했다. 하원 후 놀이터에서 놀 수 있는 여유가 있는 날이면 시계를 가리키며 긴 바늘 짧은 바늘이 어떤 숫자에 있으면 집으로 들어와야 하는지도 설명했다. 그 타이밍이 매번 달라서였을까. 딸은 잘 지키지 않았다. 그럴 때면 어린애를 붙잡고 잔소리를 했다. 반복해서 설명하면 아무리 어려도 알아듣는다고 생각했다. 어쩌면 시간 개념이 형성되지 않은 유치원 아이에게 너무 버거운 약속이었을지도 모른다. 하지만 그때의 나는 그런 딸을 이해하지 못했다. 더 어린 동생도 시간 약속을 지키는데 도대체 왜 약속을 지키지 않는 거지?

딸이 자라는 만큼 점점 알게 되었다. 엄마가 중요하다고 생각하는 것과 딸의 관심사가 많이 다르다는 것을. 짜인 시간표, 정해진 틀, 의지를 가지고 뭔가 해내는 데서 얻는 성취욕. 그것은 엄마의 바람일 뿐 딸이 원하는 것이 아니었다. 시간을 지켜서 무엇을 한다는 것이 딸에게는 그냥 무의미한 일이었다. 내색은 하지 않았지만 어린 나이에 얼마나 힘들었을까. 대학에 들어가면서부터 강력하게 독립을 원했던 것은 아마도 엄마로부터 벗어나고 싶은 심리가 크지 않았을까 싶다. 타고난 기질은 바뀌지 않는다는 것을 아이들이 성인이 된 후에야 조금씩 이해하게 되었다. 지금도 이따금 고개를 갸우뚱거리지만 딸을 이해하려고 노력 중이다. 마음속에 '조금만 더'를 품고 자신의 속도로 걷는 딸을 응원한다.

그림이 건네는 질문

+ **이해되지 않는 자녀의 성격 중 나를 닮았다고 생각해 본 적이 있나요?**
+ **자녀에게 상처를 주었다고 생각한 기억이 있다면 떠올려봅시다.**

칼 빌헬름 홀쇠, 〈Interior with an open door〉,
1881~1935 사이, 캔버스에 유채, 56x50cm

이영미

비움의 지혜

유난히 정신없이 바빴던 날, 퇴근길에 숨을 고르러 카페에 들렀다. 입구에 보이는 책장에서 책 한 권을 골라 들었다. 자리에 앉아 휘리릭 넘기는데 한 점 그림에 눈길이 멈춘다. 왼쪽 공간이 정갈하다. 사람 키만 한 깔끔한 장식장이 먼저 보인다. 그 옆의 낮은 밤색 콘솔 위에는 꽃병과 도자기 소품 하나가 전부다. 벽에는 그림 몇 점만 걸려 있을 뿐, 넓은 여백이 남아 있다. 집주인의 깔끔한 성격이 느껴진다. 보지 않아도 알 수 있다. 갈색 장식장과 콘솔의 서랍 속에는 꼭 필요한 물건 몇 가지만 가지런히 자리 잡고 있을 것이다. 오른쪽 열린 문 사이로 보이는 방바닥도 시원하게 비어 있다. 실내가 깔끔한 덕분에 격자 창문 너머 풍경이 유독 화사하고 생기 있다. 눈을 감고 그림 속

창가 앞으로 걸어 들어가 보았다. 다정한 바람과 향긋한 햇살이 나를 감싼다. 그림에서 흘러나오는 정돈된 에너지가 마음을 고요히 한다.

문득 지난 휴일 아침의 우리 집 거실 풍경이 떠오른다. 대청소를 위해 서랍 속의 물건이란 물건은 모조리 꺼내 놓은 탓에 발 디딜 틈이 없다. 아직 뜯지 못한 택배 상자, 그득 쌓인 서류와 영수증, 크고 작은 소품들까지. '아, 맞아, 이런 게 있었지.', '이건 또 언제 샀더라?' 속으로 생각하면서 쓰레기봉투를 옆에 두고 버릴 것과 쓸 것을 한창 분류하고 있는데, 딸이 한 마디 건넸다. "엄마 또 시작하셨군요.", "응, 취미활동이야." 말은 그렇게 했지만, 막다른 골목에 몰려 열리는 정기 행사다. 평소에 물건을 그득 쌓아두었다가 더 이상 안 되겠다 싶을 때가 오면, 온종일 집 안을 부산스레 정리한다.

나는 '최소주의를 꿈꾸는 최대주의자'다. 물건을 별생각 없이 덜컥 사들이는데, 여기에 즉흥적이고 급한 성격도 한몫한다. 당장 필요하지 않은 물건도 언젠가 쓸 날이 오겠지, 하며 덥석 들고 온다. 그때그때 정리라도 하면 좋겠지만, 여기저기 아무 데나 두곤 한다. 그러다 보니 물건을 찾느라 시간을 허비하고, 이미 있는 물건을 또 사는 일도 잦다. 정리할 때면 '물건을 만져 설레지 않으면 버리라.'는 정리 전문가의 말이 떠올라 흉내 내보기도 한다. 눈을 감고 옷이나 소품의 표면을 쓰다듬어 별 감흥이 없으면 가차 없이 버린다. 최소주의를 빙자한 낭비의 순간이다. '꼭 필요한 것만 사고, 자리를 정해 두라.' 잘 알지만, 실천은 어렵다.

그래도 덜어내고 나면 그렇게 시원할 수 없다. 서랍 안이 여유로워지고 집안 곳곳에 공간이 생긴다. 물건들은 제자리를 찾는다. 정리가 끝나면 나만의 마무리 의식을 갖는다. 눈을 감고 머릿속으로 집 안의 물건들을 하나씩 떠올린다. 거실 수납장, 화장실 수납장, 주방 싱크대, 베란다 벽장 안까지. 무엇이 어디에 있는지 그려지면 진짜 주인이 된 듯한 뿌듯함이 밀려온다. 창문을 활짝 열면 군더더기 없는 공간으로 시원한 바람과 햇살이 스며든다. 그 순간 만족감에 절로 미소를 짓게 된다.

"엄마, 좀 쉬엄쉬엄하세요." 점심도 거르고 끙끙대며 정리하는 나를 보던 딸이 말했다. "그때그때 비우고 정리해야 했는데, 끝이 없네." 정리하는 모습도 마구 들이는 모습과 닮았다는 생각에 쓴웃음이 났다. 곰곰이 생각해 보니 물건뿐 아니라 일도 다르지 않았다. 해야 할 것 같아서 무작정 시작하고, 시간에 쫓겨 힘겨웠던 적이 많았다. 꼭 필요하고 중요한 일 몇 가지만 정해 충분한 시간을 두고 하면 훨씬 만족스러운 결과를 얻을 것이다. 꽉 채운 일들도 덜어내자. 그러면 정신없는 날도 줄어들겠지. 오늘도 그림에서 삶의 지혜를 얻었다.

그림이 건네는 질문

+ **당신이 최근에 비우고 덜어낸 것은 무엇인가요?**
+ **비움이 오히려 채움이 되었던 경험이 있나요?**

김규비, 〈날아올라〉, 2023, 캔버스에 혼합재료, 27.3x34.8cm

권새봄

푸른 꿈을 등에 지고

바다거북이 날갯짓한다. '누가 뭐라든, 나는 가 볼 테야.' 당당한 눈빛으로 힘껏 헤엄친다. 짧은 팔을 활짝 벌려 물살을 가르는 모습에 활력이 넘친다. 이렇게 애쓰며 과연 어디를 향해 가고 있는 걸까. 김규비 작가의 작품 〈날아올라〉를 보며 모처럼 마음이 벅차올랐다. 거북이라 하면 늘 '느림'의 대명사였는데 이 녀석은 달랐다. 머리부터 발끝까지 꼿꼿하게 힘을 주고 제 등에 진 푸른 꿈을 향해 힘차게 날아오르고 있었다.

2년 전 가을, 나는 옷매무새를 가다듬고 집을 나설 채비를 하고 있었다. 오후에 있을 예술 콘서트 때문이었다. 예술 감성 교육자로 막 활동을 시작하던 시기, 클래식 연주 팀과 함께 그림과 음악이 어우러지는 행사를 준비하고 있었다. 모두에게 처음이었기에 설렘과 긴장이 교차했다. 날짜가 다가오자 두려웠다. 많은 사람 앞에서 진행자로 나서야 한다는 부담, 실수라도 하면 어쩌나 싶은 조바심이 컸다. 부모님이 오신다고 하니 더 떨렸다. 세 아이를 키우며 늘 지쳐 있던 딸이 좋아하는 일을 한다는 사실을 누구보다 기뻐하시던 분들이었다. 그 기대에 보답하고 싶어 매일 거울 앞에서 대본을 읽고 그림을 보고, 음악을 듣고 또 들으며 '잘할 수 있어!'를 수없이 외쳤다.

콘서트 당일, 인사말을 막 마친 순간 조용히 들어오는 부모님이 눈에 들어왔다. 예상보다 많은 관객에 놀랐지만 당황할 틈이 없었다. 그간 연습한 대로 차분히 진행했다. 그러던 중, 그림 감상 발표자가 좀처럼 나오지 않아 난감한 상황이 벌어졌다. 그때, 번쩍 손을 드는 분이 있었다. 아빠였다. 아빠의 재치 있는 입담 덕분에 무대를 맴돌던 긴장이 풀리자, 참가자가 이어졌다. 그림과 음악이 어우러진 마지막 감상 시간에는 울컥할 만큼 진한 이야기들이 쏟아졌다. 감사하고 따스한 순간이었다.

행사를 마친 뒤, 부모님은 내게 다가와 고생했다며 꼭 안아 주셨다. 오랜만에 느껴지는 아빠의 품이 낯설고 포근했다. "네 얼굴이 참 행복해 보이더라." 엄마의 말에 오래간 감춰 두었던 감정이 와르르 녹아내렸다. 아픈 아이를 돌보며 고생이 컸을 딸을 지켜보며 마음 졸였을 부모님의 속내를 그제야 조금 헤아릴 수 있었다. '이분들 덕분에 내가 여기까지 올 수 있었던 게 아닐까.' 오랜만에 부모님께 기쁨을 드린 하루가 참 고마웠다.

다시 그림 속 바다거북을 본다. 반짝이는 눈빛 속에, 심연에서 헤엄쳐 올라오던 내 모습이 포개졌다. 할 수 없을 것 같던 일들을 하나씩 이뤄내며 나 자신을 다독였던 날들이 떠올랐다. 이제는 온전히 나로 서서 내 자리를 찾아 천천히 걸어가면 좋겠다. 푸른 꿈을 등에 지고 힘껏 헤엄쳐 오르는 바다거북처럼 나도 당차게 날아오르고 싶다. 삶에는 저마다의 속도가 있고 모든 꽃이 같은 계절에 피지 않는다는 진리를 날아오르는 거북의 몸짓에서 배운다. 나도 함께 아름다운 비행을 꿈꾼다.

그림이 건네는 질문

+ 당신이 지금 등에 지고 있는 '꿈'은 어떤 색인가요?
+ 멈추지 않고 꿈꾸기 위해 필요한 건 무엇인가요?

2장

사랑을 추억하다

+
+
+

가족, 사랑을 담은 그림

비고 요한센, 〈고요한 밤(Silent Night)〉,
1891, 캔버스에 유채, 127.2x158.5cm

김은신

크리스마스는 영원히

크리스마스이브는 언제나 가장 추웠다. 엄마는 산타 할아버지가 안전하게 연통으로 내려와야 한다며 커다란 난로에서 불씨를 끌어냈다. 우리들은 냉기에 몸을 움츠리면서도 올해는 반드시 산타 할아버지의 정체를 밝혀내자고 다짐했었다. 자신만만한 표정으로 돌아가며 불침번을 섰지만 아무도 잠을 이기지 못했다. 성탄절 아침 화들짝 놀라 깨면 트리 밑에는 어김없이 커다란 선물 상자가 놓여 있었다. 산타의 흔적은 이미 사라져 버렸다. 다시 삼백육십일 그리고 다섯 번의 밤을 기다려야 한다니. 하지만 산타를 놓친 분함도 잠시뿐이었다. 하나씩 상자를 열다 보면 아쉬움은 어느새 자취를 감췄다. 끝내 아빠의 자백은 듣지 못했지만 부모님은 내가 결혼하기 전 해인 서른세

살까지 성탄절의 추억을 선물해 주셨다.

　온 가족이 크리스마스로 대동단결해 온 지도 반백 년이 넘었다. 크리스마스 하면 엄마다. 엄마의 크리스마스 사랑은 일 년 내내 불타올랐다. 트리는 주인공으로 재등장할 순간을 기다리며 잠시 비켜 있을 뿐이었다. 크리스마스 캐럴과 트리 장식, 빨간 포인세티아와 매년 새로 마련하는 올해의 리스, 번갈아 깔던 체크무늬와 순백의 테이블보, 온 가족의 기대를 받았던 올해의 성탄 케이크, 칠면조 대신 푸짐하게 올린 갈비찜, 반짝반짝 성탄 분위기 돋우는 액세서리까지. 나머지 열한 달은 모두 12월을 위한 준비 기간 같았다. 그 모든 게 당연한 줄 알았다. 감탄의 순간이 일 년에 한 번씩 되풀이되는 게 당연한 줄 알았다.

　바통을 이어받아 숨은 산타가 되고 보니 성탄절은 너무 빨리 돌아오고, 포장을 푸는 아이들의 감탄은 기대에 못 미친다. 산타 할아버지는 왜 이런 걸, 아이의 낙심한 표정을 읽었던 크리스마스부터 나는 타협하기 시작했다. 다행스러운 마음이 반, 아쉬운 마음이 반이었다. 필체를 숨기기 위해 왼손으로 쓰던 카드는 프린터 출력물로 대체되었다. 카드 봉투에 손으로 쓴 산타클로스라는 다섯 글자가 미안함의 흔적이었지만 그것도 잠시, 아이가 커가며 선물은 금전으로 바뀌었다. 스스로를 현명하다 합리화하면서도 매번 혀를 내둘렀다. 이 모든 걸 다 어떻게 하셨어요? 게다가 우린 네 명이었는데!

　여전히 12월이 되면 부모님 집 대문 꼭대기에 크리스마스 리스를 고정하고, 중문 공간 천장에는 꼬마전구를 일정한 간격으로 매단다. 새로 마련한 기차 장식이 모형 동굴을 통과하면서 오르골 캐럴이 울려나올 때 집 앞을 지나가던 사람들은 잠시 발걸음을 멈춘다. 성탄 전야, 축복 기도와 찬송이 끝나면 크리스마스 케이크를 자른다. 선물 교환 의식도 여전하지만 이제 우리는 산타의 선물을 받는 대신 부모님께 성탄 축하 카드를 드린다. 상태 감별사인 나는 예리한 눈으로 부모님을 관찰한다. 작년의 부모님은 어땠던가, 주름과 흰머리가 늘지는 않았나, 목소리가 약해지지는 않았나. 조심스럽지만 부모님이 여전히 곁을 지켜 주시니 이보다 멋진 크리스마스 선물은 없다. 부모님이 곁에 계신다는 사실만으로 상을 받는 기분이다. 안도의 숨을 내쉰다. 무사한 날들이 이렇게 계속해서 이어지길 소망한다.

좋아하는 그림을 발견하면 달력을 오리고 잡지를 자르던 엄마를 생각한다. 커튼에 꽂거나, 테이프로 벽에 붙이거나 액자에 끼웠다. 꺼내보며 누릴 시간이 없으니, 시선이 닿는 곳에 두고 한 번 더 보는 게 낫다며 여백을 채워가셨다. 엄마에게 선물하는 그림은 크리스마스여야만 한다. 딱 하나만 고르라면 비고 요한센의 〈Silent Night〉를 선택하겠다. 천장까지 닿은 대형 트리가 화려한 장식을 두르고 빛을 발한다. 가족들은 그 빛을 지키기라도 하는 것처럼 손을 맞잡고 둘러섰다. 온기가 깃든 빛이다. 산타 할아버지가 무사히 통과하기를 바라며 식히던 난로가 생각난다. 그 시절 반짝이던 엄마의 눈빛이 떠오른다. 가슴에 닿은 빛이 마음속 근심을 녹인다. 다시 목을 가다듬고 함께 노래 부를 수 있을 것 같다. 맞잡은 손에 저절로 힘이 들어간다. 그림 한 점이 잊지 못할 시간을 되살린다.

그림이 건네는 질문

+ **어린 시절 특별했던 추억이 있나요?**

+ **내가 받은 최고의 선물은 무엇인가요?**

빈센트 반 고흐, 〈해바라기〉, 1888, 캔버스에 유채, 92.1x73cm

정혜원

런던에서의 일주일

2016년 2년 계획으로 영국 에든버러로 향했다. 아이들이 대학에 입학하면 공부를 이어 가겠다던 나와의 약속을 지키고 싶었다. 아이들이 엄마를 걱정하지 않도록 '나만 잘하면 된다.'라는 각오로 출발했다. 런던에서 일주일을 머물다 에든버러로 가는 여정이었다. 여행 일정은 1년 전 런던에 다녀온 딸의 의견을 참고했다. 가고 싶었던 곳을 나열해 두고, 아이가 다녀간 곳에 동그라미를 그렸다. 같은 곳을 경험하면 느낌을 나눌 수 있어 감동이 배가되겠기에 런던에서 우선순위로 가야 할 곳이었다. 런던 숙소는 빅토리아 코치 스테이션 근처 한인 민박이었다. 비록 같은 숙소는 아니었지만, 딸이 묵었을 곳의 분위기라도 알고 싶었다. 숙소에 도착해 한인 관리인의 안내를 받으며 런던 여행에서 주의할 점을 들었다. 가방은 앞으로 메고, 중요한 물품은 몸 가까이 둬야 한다. 카페나 식당에서 테이블 위에 핸드폰을 두지 마라. 등등. 신경 쓸 것도, 낯선 것도 많았지만 런던에서의 첫 밤은 설레기만 했다. 첫 관광지가 무려 〈노팅 힐〉의 촬영지라니! 지도에서 포토벨로 마켓으로 가는 길을 찾는 내내 가슴이 콩닥거렸다.

아이는 무엇이 좋았을까? 가기 전부터 호기심이 일었다. 지하철역에서 포토벨로 로드를 따라 나지막한 건물들이 줄지어 있다. 각기 다른 색깔로 칠한 굴곡 담장의 집들이 한데 어우러져 있었다. 도로와 분리되어 있지만 굴곡 담장 너머로 정원이 훤히 보였다. 마켓이 시작되는 곳부터 사람들은 북적북적, 빠질 수 없는 노상의 먹거리들, 큰 가마솥 뚜껑 크기의 팬에서 구워지는 팬케이크와 누텔라 잼. 낯선 곳이라 그랬을까. 익숙한 브랜드만 봐도 괜스레 반가웠다. 쇼윈도를 통해 보이는 갖가지 빈티지 제품들이 발길을 붙들었다. 식당의 벽면이나 거실의 벽면 중앙에 포인트로 쓰였을 타일들은 이국적이고 아름다웠다. 인디 핑크, 연한 베이지, 블루 등 밝은 색 헤링본 소품과 옷

들은 신세계였다. 주머니를 탈탈 털어 트렁크에 담아오고
싶었다. 아이는 어느 가게 앞에서 발길을 멈추었을까? 세
련된 미적 감각을 가진 아이가 들여다봤을 물건들을 곁눈
질하고 싶었다. 공부하러 간 사람이 어찌 함부로 돈을 쓰
겠는가. 마음을 끄는 빈티지가 많았지만, 아무것도 사지
못하고 길에서 파는 뱅쇼 한 잔으로 몸과 마음을 데웠다.

 잿빛 하늘이 해를 가린 날. 트래펄가 광장에 서서 본 내
셔널 갤러리는 우아하면서도 웅장했다. 갤러리 정면의 코
린트식 기둥은 그리스 신전을 연상시켰다. 갤러리에 들어
가기 전부터 실내 건축디자인과 그곳에 전시된 그림을 볼
생각에 흥분했다. 한국어 음성 안내를 들으며 벽면의 그
림을 보았다. 그림들 앞에서 머무는 시간이 길었다. 내가
알고 있던 그림들이 맞나 싶었다. 어쩜 이렇게 색들이 선
명할 수 있을까. 너무나 아름다워 좀처럼 걸음을 뗄 수 없
었다. 마냥 서 있고 싶었다. 소리 없이 이어지는 탄성, 잘
아는 작가의 원화를 보는 것은 기쁨이고 큰 감동이었다.

 고흐의 낯익은 듯하면서도 낯선 그림 앞에 섰다. 미술

교과서에서 봤던 고흐의 〈해바라기〉. 외로웠던 고흐는 친구 고갱이 온다는 기쁨에 노란 해바라기를 그렸다지. 고흐의 해바라기가 이토록 밝고 예쁜 노랑이었다니. 얼마나 흥분되고 기뻤을지 그림의 색이 말하고 있었다. 이렇게나 곱고, 아름다운 노랑을 본 적이 있었던가. 그림 앞에 서니, 노란 해바라기 옆을 아장아장 걷는 어린 딸이 보였다. 노랑에서 풀빛, 오렌지 빛으로 그러데이션 된 원피스를 입혔던 날의 아이, 가볍게 통통 뛰듯 걷던 아이, 손을 잡지 않고 혼자 걷고 싶어 했던 아이, 그 아이가 "엄마 날 따라와요!"라며 앞서 걷는 듯했다.

　아이와 보낸 시간이 스쳐 지나가다 한 장면에 멈춰 섰다. 일이 늦게 끝난 날, 저녁 식사를 거른 아이를 혼냈었다. 그날, 아이의 슬픈 표정은 아직도 가슴에 박혀 있다. 엄마와 같이 저녁을 먹기 위해 기다렸다는 사실을 오랜 시간이 지난 후에야 들었다. 그 말을 듣던 날, 아이의 마음을 헤아리지 못하고 지나갔을 무수한 순간들이 떠올라 가슴이 철렁했다. 엄마와 함께하기 위해 기다린 아이를 혼냈던 그날의 나를 지우고 싶었다. 먼 곳에서, 그제야 아이의 마음을 어루만져 보았다. 그래도 그때 이후로 마음 깊고 배려 많은 아이의 성향을 잘 알게 되었으니 다행이었다. 간혹 아이의 행동이 당장 이해가 되지 않더라도 이유가 있으려니 여유를 갖고 지켜보게 되었다. 아이가 다녀간 장소에 있으니, 함께한 시간들이 줄줄이 떠올랐다. 기뻤던 일, 슬펐던 일, 아팠던 일들까지. 멀리 떨어져 있어 마음을 직접 전할 수 없었지만, 그 아쉬움 덕분에 런던에서의 시간 내내 아이와 나란히 걸을 수 있었다.

그림이 건네는 질문

+ **낯선 곳을 혼자 여행할 때 떠오른 얼굴이 있었나요?**
+ **시간이 지나간 후에야 깨달았던 일이 있었나요?**

클로드 모네, 〈아르장퇴유 정원에서 카미유와 아이〉,
1875, 캔버스에 유채, 55.3x64.7cm

한윤선

우리 다시 만나요

엄마는 스물아홉에 사 남매 중 장남인 아빠와 결혼했다. 당시로서는 제법 늦은 나이였다. 직업군인인 남편을 따라 전국 곳곳을 돌아다니다 경기도 연천의 군부대 사택에서 나를 낳았다. 여동생이 태어나면서 아빠와 떨어져 살게 되었는데 공시와 대입을 준비하는 삼촌 두 명까지 거둬야 했다. 남편 없이 어린 애들을 키우기도 버거우셨을 텐데 장성한 삼촌들의 식사와 빨래까지 도맡아 생활하셨다. 아빠의 빠듯한 월급으로 시골에 계신 할아버지, 할머니의 생활비에 고모와 삼촌들의 학비까지 감당하셨다는 사실이 그저 놀라울 따름이다.

그래서인지 엄마의 손은 못 하는 일이 없었다. 요즘 말로 '금손'이셨다. 친정이 큰집이라 명절마다 친척들이 모였는데 그 많은 사람이 먹을 음식을 척척 만들어 내셨다. 나와 여동생의 옷을 직접 만들어 입히셨고, 날이 추워지면 뜨개질로 목도리와 모자까지 떠주셨다. 또 무엇이든 잘 키우셔서 동물이든 식물이든 두 배, 세 배로 불어났다. 어느 날 학교에서 돌아오니, 앵무새와 카나리아 등 새들이 새장마다 한 쌍씩 있었다. 나중에는 방 하나를 새장이 차지할 정도로 새끼를 낳았다. 엄마가 사료를 주러 들어갈 때마다 푸드덕대며 지저귀는 소리가 듣기 싫어, 다 치워버리라고 짜증을 내기도 했었다. 그땐 몰랐다. 살림에 조금이라도 보태려는 엄마의 간절한 마음을.

모네는 아내 카미유와 아이들의 모습을 즐겨 그렸다. 꽃이 흐드러지게 핀 아르장퇴유 정원에도 사랑스러운 모녀가 등장한다. 햇살 아래 다양한 색의 꽃들은 저마다의 자태를 뽐내고 있다. 원피스 색을 맞춰 입은 엄마와 아이의 모습이 정겹다. 카미유는 바느질하고 아이는 옆에서 그림책을 읽고 있다. 책을 읽다 지루해지면 옆에 놓인 장난감을 가지고 놀았을 것이다. 짙은 녹색의 풀밭에 앉아 바느

질감을 매만지는 카미유의 모습에서 문득 젊은 시절의 엄마가 떠올랐다. 오래된 사진 속에서도 엄마는 반짝반짝 빛이 났다. 둥근 퍼프 소매가 강조된 남보라색 테일러드 원피스, 볼륨을 살린 단발머리, 짙은 눈썹과 커다란 눈, 오똑한 콧날까지. 마치 흑백 영화에 등장하는 배우 같았다.

뭐든 만들어 내든 요술 손의 마디가 굵어지고 주름이 늘어간다. 아무리 봐도 익숙해지지 않지만, 굽은 엄마의 손에는 가족을 위한 희생과 사랑, 세월이 오롯이 새겨져 있음을 안다. 나는 성인이 되고서도 철없는 소리를 하는 딸이었다. 시부모님 챙기며 집안일만 하느라 그 흔한 취미 하나 없는 엄마에게 "나는 엄마처럼 살지 않을 거야"라고 했었다. 결혼해 살아 보고서야 엄마가 해낸 일이 무엇인지 알았다. 남편과 시부모님의 말 한마디에도 부르르 떨며 친정으로 쫓아가던 나로서는 감히 엄두조차 낼 수 없는 삶이었다. 어느새 내 손가락에도 마디마다 주름이 새겨지기 시작했다. 하지만 난 엄마에게 받았던 사랑의 반의반도 아이들에게 건네지 못하고 있다.

젊은 패기에, 조금 더 배웠다는 이유로 감히 저울질했었다. 부모님의 삶을 자식이라는 이유로 평가할 수 없다는 사실을 뒤늦게 깨달았다. '내 삶은 소중해, 나를 위한 인생을 살고 싶어.'라고 외치면서도 부모에게는 뻔뻔하게 헌신만을 바랐다. 오십 년이 넘는 세월을 자식만을 위해 살아오신 엄마, 그녀가 바란 삶은 과연 무엇이었을까? 지금의 나처럼 엄마에게도 펼치고 싶은 꿈이 있으셨을 텐데. 그 모든 것을 포기하고 살아오신 인생에 바쁘다는 핑계로 존경과 감사를 잊고 살아왔다. 더 늦기 전에 엄마에게 말해야겠다. "엄마, 우리 다시 만나요. 그땐 내가 엄마로, 엄마는 내 딸로요. 꼭 다시 만나요."

그림이 건네는 질문

+ 당신의 삶에서 이해 보다 판단이 앞섰던 사랑의 순간이 있나요?

+ 누군가에게 아직 전하지 못한 말 한마디가 있다면 무엇인가요?

사소 페라토, 〈기도하는 성모〉, 1640~1650, 캔버스 유채, 73x58cm

박미진

미워한 시간을 더한 기도

　누군가를 위해, 자신을 위해 기도해 본 경험이 있는가? 로또 일등, 시험 합격, 건강 회복 등등 종교가 없어도 간절히 무언가 바라는 것이 있을 때 우리는 두 손을 모은다. 여인의 기도에는 누군가를 위한 바람이 담겨 있다. 가지런히 손을 모으고, 살며시 눈을 감는다. 간절한 바람이 이루어지는 모습을 떠올린다. 살짝 숙인 고개에서 겸손함이 느껴진다. 그녀는 몇 시간째 흔들림 없이 기도하고 있었을 것이다. 투명하고 맑은 피부, 짙고 선명한 파란색 가운에서는 여인에게 깃든 신비롭고 특별한 힘이 느껴진다. 여인은 어떤 기도라도 들어줄 것만 같다. 그림 앞에서 손을 모으고, 눈을 감는다. 나의 유년기를 뒤흔들었던 그가 떠오른다.

그는 '피는 물보다 진하다.'는 말이 무색하게 했던 두 살 터울의 오빠다. 20개월 빨리 태어났다는 이유로 어릴 때부터 나를 심부름꾼으로 부리고, 아껴두었던 간식을 뺏어 먹던 나의 원수였다. 형편이 넉넉하지 않았기에 어쩌다 생긴 간식은 귀한 보물이었다. 하루도 빠지지 않고 주먹다짐이 오고 갔다. 어느 날인가는 평화롭게 TV를 보던 나에게 리모컨을 가져오라고 발가락으로 지시했다. 처음 있는 일도 아니건만 그날따라 발가락이 거슬렸다. 그간 쌓였던 울분이 폭발했다. 그는 동생의 반항을 봐 줄 수 없었는지 내 얼굴을 향해 주먹을 날렸다. 코피가 주르륵 방바닥에 떨어졌다. 마냥 당하는 게 억울해서 나는 급히 엄마를 불렀다. 내 편이라고 찰떡같이 믿었건만 엄마는 포도나무 가지를 휘두르며 둘 모두에게 화를 냈다. 우리는 포도나무 가지의 위력에 무릎을 꿇었다. 유혈 사태는 끝났지만 억울함은 쌓이고 미움은 커졌다.

그날 이후 우리는 냉랭하고 불편한 관계로 남았다. 화해하지 않고 오랜 시간을 법적 남매로만 지냈다. 한 사람을 향한 미움은 내 마음에 구멍을 냈고 어느새 다른 인간

관계에도 영향을 주기 시작했다. 그것을 알아차리고, 용
서하는 법을 배우고, 온전히 화해하고, 마음이 자유로워
지기까지 15년이 걸렸다. 모든 사태의 원인이 그라고 생
각했다. 미움이 커서 이해하고 싶지 않았다. 대화가 통하
는 사람이 아니라고 생각했기에 말조차 섞고 싶지 않았
다. 그래서 화해가 더 오래 걸렸다. 미웠던 기간이 그렇게
길었건만 화해는 어렵지 않았다. '미안해' 단 세 글자였다.
진심이 담긴 문자에 미움이 풀렸다. 역시 피는 물보다 진
한 걸까? 미운 정이라도 쌓이기 때문일까? 이유는 알 수
없다. 대신 나는 미워했던 시간을 더하고 더해 그를 위해
기도한다. 그가 이룬 가정의 평화를 기도하고, 건강과 행
복을 기도 중이다. 그가 힘겨운 시간을 잘 통과해서 소원
을 이루길 기도한다. 기도의 힘을 장담할 수는 없지만, 진
심이 그곳에 닿길 바란다.

　기도는 누군가를 향한 지지이고, 응원이다. 그리고 간
절함이다. 절체절명의 순간 위험을 피해 생명을 구하게
되는 상황을 기적이라 말한다. 설명할 수 없는 삶의 어떤
순간에는 기도의 힘이 존재한다고 믿고 싶다. 삶이 막막

한 누군가가 위로와 힘을 얻길 바란다. 종교가 없어도 사람들은 자신을 위해 때론 누군가를 위해 기꺼이 두 손을 모은다. 오늘도 나직이 읊조린다. "당신이 선택한 모든 걸음에 다정하고 따뜻한 마음으로 응원과 지지를 보냅니다. 오늘도 살아 내느라 애쓰셨습니다. 무엇이든 원하는 삶을 이루며 살아가길, 당신의 오늘을 위해 기도합니다."

그림이 건네는 질문

+ **한가지 기도가 이루어진다면 누구를 위해 어떤 기도를 하고 싶나요?**
+ **오늘 당신을 위해 어떤 기도를 하고 싶나요?**

알베르트 앙케, 〈건초 위에 잠든 소년〉, 1897, 캔버스에 유채, 54.8x70.7cm

이영미

미안함을 자장가로

포근한 풀더미 위에서 아이가 세상 모르게 낮잠을 자고 있다. 새까만 발바닥과 뜨거운 햇살에 익은 빨간 볼이 사랑스럽다. 나무 벽과 출입문을 보니, 농장 창고인 듯하다. 아마 실컷 뛰놀다 졸음이 쏟아지자, 안으로 들어왔을 것이다. 얼마나 신나게 달리고 친구들과 까르르 웃었을까. 문을 벌컥 열고 뛰어 들어와 모자를 던지고 벌렁 눕는 모습이 절로 그려진다. 나도 모르게 미소가 지어진다. 더없이 편안한 아이의 모습에 내 마음까지 느긋해진다. 새근새근 들리는 숨소리, 옅은 풀 냄새와 아늑한 그늘이 아이를 감싼다. 문틈으로 스며든 바람이 살며시 아이를 어루만진다. 혹시 단잠을 깨울까 조심스레 눈길을 멈춘다.

그 모습에 어린 딸이 겹치고, 후회스러운 기억이 떠올랐다. 이른 아침, 잠든 아이 옆에서 카세트 플레이어가 돌아가고 있었다. 누가 옆에서 시끄럽게 굴어도 세상 잘 자던 아이였는데, 얼마 지나지 않아 얼굴이 일그러지고 평온하던 표정이 짜증으로 바뀌었다. 당시 'J네 영어'라는 책이 인기를 끌었다. 아이가 잘 때 영어 회화를 들려주면 무의식에 영어가 스며든다는 내용이었다. 나는 그만 솔깃했다. 다음 날 아침부터 딸아이에게 어린이 회화 테이프를 부지런히 틀어 주었다.

많고 많은 육아서 중 왜 유독 '영어 공부법'에 마음이 갔을까. 중학교 입학을 앞두던 내 어린 시절 때문이었다. 초등학교를 졸업한 겨울방학 내내 나는 친구들과 놀았다. 롤러스케이트를 타고, 만화방에서 종일 웃고 떠들었다. 그러나 중학교에 들어가자, 상황이 달랐다. 알파벳만 간신히 익힌 나와 달리, 친구들은 어려운 영어 단어를 술술 말했다. 영어를 잘하는 친구들이 부러웠고, 놀기만 했던 내가 부끄러웠다. 내 아이에게는 그런 후회를 물려주고 싶지 않았다.

잠을 방해받은 딸은 당연히 낮에 피곤해했다. 잠을 잘 자야 집중도 잘 되는 법인데, 영어 공부를 돕겠다는 마음이 오히려 방해됐다. 푹 자야 건강하게 크는데, 나는 욕심에 눈이 멀었다. 책 속의 조언을 그대로 따르지 말고, 우리 아이에게 맞는 방식을 찬찬히 고민했더라면 좋았을 것이다. 아이를 위하는 마음이었지만, 실수였음을 인정했다. 타인의 말에 휘둘리지 않는 중심이 필요하다는 걸 깨달았다.

이른 아침 시끄러운 소리에 얼굴을 찡그리던 딸은 이제 성인이 되어 가정을 꾸렸다. 뱃속에는 새 생명이 자라고 있다. 다시 기회가 왔다는 사실이 그저 감사하다. 이번에는 딸이 푹 잘 수 있도록 곁에서 지켜 줄 것이다. '딸아, 그때는 정말 미안했다. 아가와 함께 푹 자며 피로를 풀거라.'

다시 그림으로 눈길을 돌린다. 실컷 자고 일어난 아이가 손으로 입 주변을 쓱 훔치더니 기지개를 켠다. 그리고 마당으로 뛰어나가 친구들을 두리번거리며 찾는다. 초롱초롱한 소년의 눈이 참 곱다.

그림이 건네는 질문

+ **누군가의 잠을 지켜본 적이 있나요? 그때 어떤 마음이 들었나요?**

+ **이 평화로운 장면 속에 당신의 어떤 기억이 겹쳐지나요?**

윌리엄 아돌프 부그로, 〈Maternal Admiration〉,
1869, 캔버스에 유채, 116x89cm

민대희
이제야 전하는 사랑

냄비가 탄다! 가스레인지가 터질 것 같다! 가방을 던지고 뛰어들어 다급히 밸브를 잠갔다. 방에 어린 딸아이가 자고 있는데 또 이러신다. 화가 나서 견딜 수가 없다. "엄마! 도대체 왜 이러세요? 한두 번도 아니고!, 애가 자고 있잖아요!" 목이 터져라 소리를 질렀다. 엄마는 당황해서 어쩔 줄 모르신다. 굽은 어깨를 숙이고 흔들리는 눈빛으로 구석을 찾으신다.

소리를 지르다 잠에서 깼다. 놀란 남편이 무슨 잠꼬대를 그렇게 하냐고 물었다. 꿈이다…. 너무나 현실 같은 꿈이라 정신이 돌아오는 데 한참이나 걸렸다. 꿈에서라도 보고 싶은 엄마였는데, 하필 그런 모습을 봤을까. 가슴이 쿵쾅거리고 손이 벌벌 떨렸다. 괜한 원망과 미안함에 마음

이 가라앉지 않았다. 엄마는 그런 분이 아니었다. 문단속
도, 가스 단속도 철저하신 분이셨다. 살아계실 때 그런 실
수를 하시는 걸 한 번도 본 적이 없다. 도대체 왜 그런 꿈
을 꾸었을까. 왜 그렇게 소리를 지르며 몰아세웠을까.

　엄마가 처음으로 뇌종양 진단을 받았을 때가 떠올랐
다. 제대로 된 보험도 없었던 형편이었다. 엄청난 수술비
와 치료비 걱정에 어쩔 줄 몰라 하셨다. 수술실에 들어가
실 때도 미안함에 몸 둘 바를 모르셨다. 병이 재발해서 다
시 치료를 시작했을 때, 당신이 아픈 것보다 자식들에 대
한 미안함 때문에 힘들어하셨다. 동생이 갑자기 세상을
떠나게 된 후, 아들을 잃은 슬픔과 남겨진 가족들 걱정으
로 야윈 어깨가 더 굽으셨다. 엎친 데 덮친 격으로 세 번
째로 병이 재발한 후에는 긴 치료 끝에 기어이 요양원으
로 가셔야 했다. 너무나 힘든 시기였다. 모든 것이 풍비박
산 난 것 같았던 그때, 우리 가족은 힘겨움에 서로를 어려
워했다. 극도의 경제적 어려움은 마음을 위로보다 원망으
로 기울게 했다. 지난밤 꿈의 여운을 곱씹으며 마음을 들
여다본다. 아직도 엄마에 대한 원망이 있는가?

　돌이켜보면 엄마는 주기만 하신 분이었다. 젊은 나이에 홀로 되어 삼 남매를 키우면서도 우리 때문에 힘들다는 말 한마디 안 하셨다. 달동네 누추한 단칸방에 살며 모진 고생을 하면서도 자식들 커가는 즐거움으로 하루하루를 힘차게 살아가셨다. 까마득히 높은 산동네 계단을 자식들 먹일 양식을 들고 오르내리셨다. 당신은 안 드셔도 우리 입에 밥이 들어가면 배불러 하셨다. 입을 옷도 변변치 않아 남루하고 초라한 모습으로 살면서도 자식들 공부하는 데는 조금도 부족함이 없게 해 주셨다. 오랫동안 기도하신 대로 삼 남매가 모두 대학을 졸업했을 때 얼마나 기뻐하셨는지. 초라한 옷을 입었어도, 미소만은 밝고 환하셨던 기억이 난다. 내가 결혼하고도 일을 할 수 있도록 아이도 키워 주시고 집안일을 다 해 주셨다. 나의 청춘은 엄마의 희생과 도움으로 건너온 시간이었다.

　앨범을 정리하다가, 엄마의 젊은 모습을 보았다. 첫돌을 맞은 나를 안고 웃고 계신 모습이 앳되고 아름다웠다. 내 기억 속에는 초라하고 늙고 아팠던 모습만 남아 있지만, 그녀에게도 빛나는 시절이 있었다. 해방 전 유치원에 다닐 정도로 유복한 집안의 귀여운 막내딸이었고, 풋풋한 여고 시절에는 노래를 잘해 합창단원까지 했었던 우리 엄마. 아버지와 결혼해서 나를 낳았을 때가 가장 행복했다고 하셨다. 어린 나를 위해 고운 목소리로 불렀을 자장가를 상상해 본다. 젊었던 엄마의 꿈과 희망도 생각해 본다. 얼마나 생기 넘치고 밝은 시간이었을까. 젊은 부부와 세 아이에게 하루하루는 즐거움으로 가득한 시간이었을 것이다. 엄마도 한 사람의 젊은 여인이었고 사랑으로 충만한 시간이 있었음을 이제야 알게 되었다. 그 시간이 길었으면 얼마나 좋았을까. 엄마에게 아름다운 시절을 떠올리게 만들 그림을 선물해 드리고 싶다. 살아계실 때 선물 한 번 제대로 못 해 드렸는데, 이제야 마음의 선물을 건넨다. 지금도 하늘나라에서 나를 보며 미소 짓고 계시겠지.

그림이 건네는 질문

+ **엄마의 얼굴을 떠올리게 하는 순간은 언제인가요?**
+ **작품 속 여인의 시선처럼, 누군가를 바라본 적이 있나요?**

루이 에밀 아단, 〈가을 저녁〉, 1882, 캔버스에 유채, 55x46cm

유은정

가을 저녁 너머의 봄

D+505!

벌써 시간이 이렇게 흘렀나. 항암 약을 먹기 시작한 지도 일 년이 훌쩍 넘었다. 매일 3알씩 먹었으니, 내 몸에 1,500개의 약을 털어 넣은 셈이다. 항암 약은 다양한 부작용을 일으켰다. 몸을 움직일 때마다 쥐가 났다. 기지개를 켜다가도 비명을 지르며 몸을 주물러야 했다. 하루에 2리터 이상의 물을 먹지 않으면 건조해서 견딜 수가 없었다. 부작용이 있긴 했지만, 밀가루같이 흩뿌려져 있던 암세포를 싹 사라지게 만든 고마운 약이다. 덕분에 암 환자이지만 말하지 않으면 모를 정도로 회복했다. 이제 새로운 D+을 찾아야 한다. 약에 내성이 생겼기 때문이다.

내 힘으로 어쩔 수 없는 일이다. 그럴 수 있는 거라 받아들이는 수밖에 없다. 대신 나는 나에게 그간 잊고 살았던 시간과 공간을 선물하고 있다. 함박눈이 내리면 등산지팡이를 들고 동네 자그마한 산을 오른다. 춥고 발 시리다고 멀리서만 바라보던 눈을 손으로 만지고 발로 밟는다. 아무도 밟지 않는 하얀 세상에 내 발자국을 쿡 찍어 남긴다. 벤치에 소복이 내려앉은 눈에 손바닥 도장도 찍는다. 나뭇가지를 주워 이름도 써본다. 이렇게 사소한 놀이가 나를 미소 짓게 한다.

지난 1월에는 딸과 함께 대만 여행을 다녀왔다. 난생처음 비즈니스석을 끊었다. 출국 수속도 일사천리로 진행되었고 비행 전에는 라운지에 앉아 호사를 누렸다. 이런 세상도 있었구나 싶었다. 길거리 야시장에서 파는 로컬 음식도 구경하고 검은 모래 해변에서 일몰도 봤다. 서늘한 날씨 덕분에 걷는 것도 좋았고, 오후 한나절 딸과 헤어져 혼자 미술관에 간 것도 잊지 못할 추억이다. 모든 게 좋았지만 대만 치메이 박물관에서 만난 프랑스 화가 루이 에밀 아당의 〈가을 저녁〉이 내 마음의 한 점이 되었다. 앙상한 가지 위에 간간이 붙어 있는 나뭇잎, 시간이 흘러 바싹 말라버린 낙엽들, 한 여인이 턱을 괴고 저 너머를 바라보고 있다. 걸어온 길일까. 걸어가야 할 길일까.

눈에 거칠 것 하나 없는 공간에 홀로 기대어 서서 무언가를 응시하는 모습이 지금의 내 모습과 닮아 있다. 무엇을 하다 멈추었는지는 중요하지 않다. 걷던 발걸음을 멈추면 시간도 멈춘다. 오로지 나만 존재한다. 그 찰나가 좋아서 나는 자주 멈춰 선다. 특별한 것을 찾으려고 애쓰지 않는다. 때로는 푸른 하늘이, 때로는 회색빛 구름이 나를 멈춰 세운다. 그 모든 순간이 나의 시간이고 공간이다.

치메이 박물관은 내부는 물론 정원도 아주 아름다웠다. 소풍이라도 나온 것 같았다. 누군가 만들어 내는 비눗방울이 마음을 두둥실 띄웠고, 거위들의 우렁찬 울음도 노래로 들렸다. 학사모를 쓰고 다양한 자세로 졸업사진을 찍는 여학생들의 웃음소리가 지친 나를 달래 주었다. 잔잔한 호수가 나의 마음을 어루만졌다. 그림 속의 여인처럼 나는 나의 새로운 시작을 여유롭게 받아들이고 싶다.

　새로운 투병의 시간이 어떤 모습으로 다가올지 나는 알수 없다. 나뭇잎처럼 우수수 떨어질 수도 있고 앙상한 가지처럼 변할 수도 있다. 그 시간을 그림 속의 나무들처럼 우뚝하게 버텨 보려 한다. 급함으로는 누릴 수 없는 시간과 공간이 내게 늘 선물처럼 주어진다. 나의 속도는 점점 느려지고 있고 그림 속 풍경처럼 내 인생에도 겨울이 닥칠 것이다. 그렇기에 더더욱, 나는 지금, 여기, 오늘의 시간과 공간을 만끽하려 애쓴다. 그러한 바람이 나를 한 점의 그림 앞에 멈춰 세우고 산들바람 같은 위로를 건넨다.

그림이 건네는 질문

✛　**내게 행복을 주는 공간이 있나요?**

✛　**오롯이 나만을 위한 시간을 누리고 있나요?**

브루노릴리 에포르스, 〈여우가족(A Fox Family)〉,
1886, 캔버스에 유채, 112x218cm

정은희

새끼를 향한 끝없는 길

나는 2남 2녀 중 막내로 태어났다. 여섯 살 터울인 언니는 고등학교를 졸업하자마자 독립했다. 다섯 살 위인 큰오빠는 군 복무로 3년 동안 집을 비웠고, 3년 터울이던 작은오빠도 공업고등학교를 졸업한 후 취업해 따로 살았다. 그래서 중학교 때부터 부모님과 셋이서 살았다. 부모님은 시계 수리점을 운영하셨는데 밤이 늦어서야 들어오셨고, 주말도 마찬가지였다. 자정 무렵에야 돌아오실 부모님을 졸린 눈을 비벼가며 기다리곤 했다. 혼자라는 두려움에 졸려도 쉽게 잠들지 못했다. 부모님이 대문을 열고 들어오시는 소리를 들어야 비로소 안심되었다.

애타게 부모님을 기다렸지만, 나의 시선이 향하는 곳

은 항상 엄마의 손에 들린 것이 먼저였다. 그것은 간식이었다. 반가운 마음은 금세 잊고 그저 간식에 눈이 팔렸다. 부모님은 밤늦게까지 자지 않고 기다릴 나를 위해 간식 챙기는 것을 잊지 않으셨다. 군고구마, 호빵, 과일, 단팥빵 등 계절마다 종류도 다양했다. 저녁을 먹은 지도 한참이라 출출할 시간이었다. 그때 먹었던 간식이 얼마나 달콤했던지. 봉지 소리만 들려도 군침이 흘렀다. 오늘은 어떤 간식일까? 기대하며 외로움과 두려움을 이겨 냈다. 깜빡 잠이 들었다가도 대문 열리는 소리가 들리면 눈이 번쩍 뜨이곤 했다.

　함께 살 때는 형제들 모두가 나의 경쟁 대상이었다. 우리는 엄마가 간식봉지를 바닥에 내려놓기가 무섭게 달려들었다. 자기 입맛에 맞는 간식을 먼저 차지하려고 도끼눈을 뜨고 스캔했다. 간식 앞에서 양보란 있을 수 없는 일, 막내인 나도 간식 쟁탈전에서 절대 밀리지 않았다. 손이 먼저 닿은 사람이 간식을 차지하는 것이 당시 우리 형제들의 암묵적인 룰이었다. 때문에 빠른 판단과 민첩한 행동이 필수였다. 그때 우리의 모습은 사냥감을 발견하고 적절한 타이밍에 잽싸게 몸을 날려서 먹잇감을 낚아채는 맹수 같았다.

마이아트뮤지엄에서 스웨덴 국립미술관 컬렉션 전시회를 관람하던 중 브루노릴리 에포르스의 작품 〈여우가족〉을 보면서 잊고 있었던 어린 시절 기억을 소환했다. 동물 그림을 좋아하지 않는데도 한참이나 작품 앞에서 발을 떼지 못했다. 새끼들을 배불리 먹이고자 하는 마음은 사람이나 동물이나 한결같다. 먹을 것이 잔뜩 있으니 새끼 여우들은 마냥 신이 났다. 왼쪽 새끼 여우는 제 몫을 챙겨서 만족스러운 표정이다. 혹시 빼앗길까 얼른 빠져나가는 모습이 어린 시절의 나 같다. 그리 큰 조각 같진 않은데 만족하는 걸 보면 욕심이 없나 보다. 입에 문 먹이를 뺏으려고 다른 새끼 여우가 욕심을 낸다. 아직 먹을 것을 받지 못한 새끼 여우들은 엄마 여우의 입에 물린 사냥감을 향해 연신 주둥이를 들이대고 있다.

나의 시선을 끈 건 엄마 여우였다. 너무나 지쳐 보였다. 사냥에 성공한 포식자의 모습이라기엔 두 눈이 한없이 슬

프고 애처로워 보였다. 새끼들을 먹여 살려야 하는 어미 마음의 무게가 느껴졌다. 어린 내가 간식 봉지에만 눈이 팔릴 때 엄마의 마음은 어땠을까? 그림 속 어미의 두 눈에 그 시절 부모님의 모습이 비쳤다. 그때의 엄마보다 더 오랜 세월을 살았지만 아직도 부모님의 마음을 다 헤아리지 못한다. 부모님만큼 힘겨운 시절을 겪어 보지 못한 까닭이다. 물질적으로 풍요로운 환경에서 아이들을 키웠기 때문이다. 노환으로 힘들어하시는 부모님께 멀리 떨어져 산다는 이유로 아무것도 해 드리지 못하는 철부지 막내딸이기 때문이다. 그래도 한 가지 분명한 것이 있다. 자식들이 행복하게 살길 바라는 마음 하나로 희생과 헌신의 복을 지으신 것이 내 삶의 바탕이 되었다는 사실이다.

그림이 건네는 질문

+ **자녀의 기억 속에 어떤 부모의 모습으로 남겨지고 싶은지요?**
+ **그 모습이 자신을 위함인지 자식들을 위함인지도 생각해 봅시다.**

3장

위로가 다가오다

+ + +

그림으로 위로받는 순간

신미경, 〈행복수집〉, 2024, Painting on Woodcutblock, 30x30cm

김미경

나는 네가 행복했으면 좋겠어

얼마 전 이사를 했다. 포장된 박스를 하나씩 열 때마다, 나도 모르게 배시시 웃음이 인다. 다른 부서로 발령이 났을 때 직원들이 써준 편지, 대학 시절, 엄마가 떠준 분홍색 니트 카디건, 결혼 후 첫 생일 때 시어머니가 주신 금가락지, 동료가 주웠다며 건네준 네잎클로버, 우리 아이 첫 배냇저고리…. 의미가 담긴 물건들은 바삐 움직이던 손가락들이 옛 생각을 더듬게 만든다. 물건에 깃든 사연들에 잊고 살았던 소중한 기억과 사람들이 떠오르고 가슴에서는 몽글몽글 그리움이 인다. 그리움은 곧 행복이 된다.

신미경 작가는 자신을 행복하게 만드는 물건을 모아 달항아리에 소중히 담았다. 그리고 이런 행위를, '행복 수집'

이라 칭한다. 제목만으로도 이미 충만한 기분이 든다. 작가의 달항아리에는 행운의 열쇠는 물론, 무당벌레와 물고기, 체리와 주사위, 나뭇잎까지 가득 채워져 있다. 복(福)이라는 한자 아래에는 커다란 눈이 반짝이고 있다. 나만을 바라보고, 나를 응원하고, 묵묵히 나를 기다려주며, 가끔은 끄덕끄덕 잘하고 있다고 말해 주는 것 같다. "good luck." 작가는 따듯한 응원의 말도 잊지 않는다. 다다익복(多多益福)을 그리며 사람들에게 두루두루 복을 나눠주고 싶어 하는 작가의 마음이 고스란히 전해진다.

　행복이란 무얼까? 어릴 땐 막연했고 젊을 땐 꿈이었지만, 중년이 된 지금은 소소한 일상이 기쁨임을 안다. 십여 년간 잊고 살았던 지인이 수소문해서 걸어온 한 통의 안부 전화, 이른 아침 창문 틈으로 들리는 새소리, 우연히 들어간 가게에서 마주한 맛좋은 음식, 카톡에 뜬 생일 알림을 그냥 지나치지 않은 지인의 축하 메시지, 늦은 오후 식탁에 앉아 마시는 차 한 잔의 여유. 이런 사소한 것들이 행복의 기준이 되어간다. 그리고 더러는 이렇게 아무렇지도 않게 할 수 있는 일들이 누군가에게는 소망이고 꿈일 수도 있다는 깨달음에 숙연해지기도 한다.

엄마가 쓰러지시고 여러 달이 지났다. 엄마는 요양병원
에서 콧줄을 꽂고 양쪽 손목이 묶인 채 매일매일 똑같은
날을 보내고 계신다. 이제는 뼈만 남아 대화조차 불가능
하다. 엄마가 아프다는 사실보다 누워만 있는 엄마를 보
는 게 더 힘들다. 사람이 나이 들어 만나는 끝이 이러하다
면 삶은 얼마나 허망한 것인가, 그저 한숨뿐이다. 누구나
종국에는 가야 하는 길일까. 엄마는 꽃을 좋아하셨다. 아
파트 발코니에 작은 정원을 만들어 사시사철 꽃이 피고 지
는 걸 보며 즐기셨다. 꽃이 지천이던 봄은 무심히 가 버리
고 녹음이 무성한 여름으로 들어서는데 아무것도 보지 못
하고 그저 누워만 계시니 늘 맘이 아린다. "엄마 밖에 꽃이
피었어… 집에 군자란이 활짝 피었는데, 나는 왠지 군자
란이 피면 좋은 일이 있을 것 같더라. 엄마 조금만 더 힘내
자." 군자란이 지고도 한참이 지났지만, 엄마의 상태는 나
아질 기미가 보이지 않는다. 엄마가 쓰러지시던 날은 눈발
이 날렸다. 그날, 엄마도 식당에서 맛있는 저녁을 드시고
내리는 눈발을 우산으로 받치며 하늘을 쳐다보셨겠지.

달항아리에 소중한 사람들에게 주고 싶은 말들을 담아 본다. 행복, 희망, 용기, 격려, 감사, 축복 그리고 괜찮다 는 말, 수고하고 애썼다는 말, 잘하고 있다는 말도 함께. 소중한 이들이 달항아리 속에서 단어를 하나씩 꺼낼 때마 다 그의 하루가, 그의 앞길이, 그의 삶이 활짝 피어나기 를 바란다. 달항아리에 담긴 행복의 수집품들. 행복은 찾 아가는 것도 찾아오는 것도 아니라 스스로 만들어가는 게 아닐까. 나만의 행복을 수집해 보자. 내가 좋아하는 말들 과, 내가 하고 싶은 일들과, 내가 행복해지는 순간들을 하 나씩 하나씩, 차곡차곡 쌓여 보자. 그러면 생각지 못했던 또 다른 행복이 환한 웃음을 머금고 문 뒤에서 기다리고 있을 테니까.

그림이 건네는 질문

+ **행복 항아리에 담고 싶은 단어는 무엇인가요?**
+ **행복 항아리를 안고 달려가고 싶은 사람은 누구인가요?**

오귀스트 르누아르, 〈Dance in the Country〉,
1883, 캔버스에 유채, 180×90cm

김단비

내 인생의 꽃길

　춤추는 연인의 모습에서 눈을 뗄 수 없었다. 여자는 한 손에 부채를 쥔 채 남자에게 기대어 해맑게 웃고 있다. 남자는 여자의 허리에 팔을 두르고 여자를 사랑 가득한 눈빛으로 바라보고 있다. 어떤 음악이 이토록 이들을 황홀하게 만들었을까. 그들의 춤은 삶 그 자체다. 말로 하지 않아도 전해지는 감정, 몸짓으로 주고받는 대화, 눈빛으로 건네는 약속. 두 사람은 한 곡의 음악 안에서 인생을 함께 춤추고 있다. 멈춰버린 시간 사이로 오래전 기억이 떠올랐다. 생애 처음 위내시경을 받던 날, 전신마취 주사를 맞고 짧은 꿈을 꾸었다. 중세풍의 분홍색 드레스를 입고 남편과 들판에서 왈츠를 추는 꿈이었다. 요한 스트라우스 2세의 〈봄의 왈츠〉가 흐르고, 들판엔 보랏빛 히스 꽃이 가득했다. 벚꽃 잎은 하늘에서 흩날렸고, 우리는 음악에 맞춰 조심스럽게 발을 옮겼다. 치맛자락이 바람을 타듯 흐르던 그 순간, 간호사의 손길에 눈을 떴다. 병실 문 앞에서 기다리던 남편의 얼굴이 꿈의 끝처럼 다가왔다. 어리둥절했던 그 순간조차 따뜻한 기억으로 남아 있다.

그날의 꿈은 내 마음 깊은 곳에 상징처럼 남아 있다. 우리가 함께했던 시간들, 앞으로 함께 걸어가게 될 길에 대한 조용한 예언 같았다. 누군가 결혼을 "지옥문을 여는 일"이라고 말했지만, 내겐 그렇지 않았다. 물론 나는 까탈스럽고 예민하고, 고집도 센 편이다. 그래서 결혼 전에 많은 사람들이 물었다. 왜 그렇게 서두르냐고, 자유롭게 살 수 있는데 굳이 지금 결혼하냐고. 엄마조차도 "너를 받아 줄 사람은 하늘에서 내려와야 한다."라고 말하곤 했다. 그런데 그 사람이 정말 내 앞에 와 있었다. 나를 있는 그대로 받아 주고, 내 기분의 사소한 결도 살피며, 언제나 한결같은 미소를 지어 주는 사람. 우리는 연애 5년 동안 단 한 번도 싸우지 않았다. 결혼 후에야 처음 다툼을 겪었지만 남편이 먼저 손을 내밀었다. 나는 안다. 내 성격에 먼

저 사과하는 일이 어렵다는걸. 남편이 늘 먼저 관계를 지
키려 애쓴다는 걸. 그 마음이 있었기에 우리는 지금까지
춤을 멈추지 않고 있다.

　사랑은 '춤'과 닮았다. 누가 이끄느냐보다 중요한 것은
서로의 박자에 맞추려는 마음이다. 춤은 호흡이고 배려이
며, 리듬과 감정 사이의 조화다. 결혼 후, 봄날의 경주로
여행을 떠났던 어느 날이 기억난다. 너른 들판을 가득 채
운 눈부신 햇살에 문득 춤을 추고 싶어졌다. 남편의 손을
잡고 조심스레 발을 옮겼다. 몸치인 그는 자꾸 박자를 놓
쳤지만, 나와 맞추기 위해 애쓰는 그 모습이 얼마나 다정
했는지 모른다. 그 순간, 이 사람이라면 결혼해도 되겠다
는 생각이 들었다. 완벽하게 춤을 추는 사람보다, 끝까지
나와 함께 추려 애쓰는 사람이었다. 내게는 그 마음이 더
중요했다. 사랑은 그렇게 천천히, 하나하나 발을 맞춰가
는 일이라는 걸 배워갔다. 속도가 맞지 않더라도, 끝까지
함께하려는 의지가 사랑을 춤처럼 계속 움직이게 했다.

　살다 보면 누구나 예상하지 못한 언덕을 만난다. 우리

에게도 그런 순간이 있었다. 결혼한 지 8년이 되었지만,
우리에게는 아직 아이가 없다. 타인의 시선이나 말 한마
디에 마음이 무너질 때도 있었다. 비교당하면서도 침묵
해야 했던 순간도 많았다. 하지만 남편은 늘 같은 말을 했
다. "아이를 갖는 것도 좋지만, 나는 지금 네 손을 잡고 살
아가는 이 삶이 너무 좋아." 그 말은 우리 삶에 대한 그의
분명한 태도였다. 결혼이 어떤 사회적 틀에 들어가는 일
이 아니라, 서로를 춤추게 해 주는 관계라는 걸 그의 말을
통해 배웠다. 둘이 함께 조화를 이루는 삶, 리듬을 나누는
일. 아이가 있어야 완성되는 삶이 아닌, 지금의 우리도 이
미 충분히 아름답다는 걸, 함께 살아 내는 매일의 리듬 속
에서 확인하고 있다.

  세상에는 참 많은 길이 있다. 곧은 길, 휘어진 길, 오
르막과 내리막, 때론 낭떠러지처럼 느껴지는 순간도 있
다. 하지만 누구와 함께 걷느냐에 따라 그 길의 의미는 전
혀 달라진다. 남편과 함께라면 나는 어떤 길도 꽃길이 될
수 있다는 걸 안다. "꽃길"은 함께 걷는 사람의 손길 덕분
에 따뜻한 길이다. 함께 걷는 이의 눈길 덕분에 빛나는 길

이다. 함께 걷는 이의 숨결 덕분에 향기로운 길이다. 지금
도 우리는 가끔 음악을 틀고, 거실 한복판에서 춤을 춘다.
처음 춤을 췄던 들판의 기억, 병실에서 깨어났던 순간, 그
리고 지금 이 순간까지. 춤은 우리의 언어이자, 삶의 방식
이며, 사랑의 방향이다. 살면서 가장 소중한 건, 내 발걸
음에 맞춰 함께 걸어가려는 사람을 만나는 일이다. 춤을
잘 추는 사람은 많지만, 나와 끝까지 춤추려 애쓰는 사람
은 많지 않다. 그러니 사랑은 함께 꾸준히 맞춰가는 기술
이다. 그 기술에는 배려와 인내, 반복된 연습이 필요하다.
나는 꿈을 꿨다. 아름다운 음악 속에서 남편과 함께 춤을
추는 꿈. 그리고 지금, 나는 그 꿈속의 춤을 현실로 만들
어가고 있다. 긴 시간이 흐른 뒤에도, 나이가 들어 발걸음
이 무거워져도, 우리는 다시 음악을 틀고 느릿한 박자에
맞춰 함께 춤을 출 것이다. 언젠가의 장면이 눈앞에 그려
진다. 그게 우리의 삶이고, 사랑이며, 인생의 가장 아름다
운 길이다. 나는 그 길을 '꽃길'이라 부른다. 그 꽃길 위에
서, 우리는 오늘도 함께 춤을 추고 있다.

그림이 건네는 질문

+ **여러분은 지금 누구와 어떤 길을 걷고 있나요?**

+ **여러분의 삶에서도 "춤처럼" 흘러가는 순간이 있나요?**

빈센트 반 고흐, 〈씨 뿌리는 사람〉, 1888, 캔버스에 유채, 64x80cm

김성아

불안의 정원에
씨앗을 뿌리며

"오늘은 어떤 하루가 펼쳐질까?" 때로는 기대감으로, 때로는 막연한 두려움으로 다가오는 질문이다. 오늘 나에게 펼쳐질 일을 알 수 없는 것은 누구나 마찬가지다. 〈미지의 서울〉이라는 드라마에 자주 나오는 문구가 있다. "어제는 지났고, 내일은 멀었고, 오늘은 아직 모른다." 하지만 나는 누구에게나 공평한 미지의 세계가 두려울 때가 훨씬 많았다. 그래서 나는 늘 외면하고 회피했다. 어떻게 될지 모르기에 아예 시작조차 하지 않은 일도 많고, 할 수 있는 일도 미룰 수 있으면 최대한 미뤘다. 그래서 마음 한편에 항상 죄책감이 자리 잡고 있었다. 어떻게 하면 떠오르는 태양을 즐겁게 맞이할 수 있을까? 어떻게 하면 미지의 오늘에 두려움 없이 뛰어들어, 현재와 마주할 수 있을까?

　　그래서 이 글을 쓰기도 미루고 미뤘다. 부족한 글을 세상에 보이는 것이 두려웠다. 잘하고 싶은 마음에 망설임만 커진다. 그렇지만 마음 깊은 곳에서는 알고 있었다. 아무것도 하지 않으면 정말 아무 일도 일어나지 않음을 말이다. 그 순간 고흐의 그림이 내 앞에 있었다. 찬란한 태양을 등지고 씨를 뿌리며 나아가는 그를 바라보았다. 거리낌 없이 내민 발걸음이 당당하다. 그를 보며 아무 일도 없기를, 내가 하는 일들이 모두 좋은 평가를 받기를, 생에 즐거움만 가득하기를 바란 것이 욕심임을 깨달았다. 그러한 욕심이 오히려 삶을 옭아매고 있었다.

　　모든 씨앗이 새싹이 되어 꽃을 피우고 열매를 맺을 수는 없다. 싹을 틔우지 못하는 씨앗도 있다. 피지 못하고 지는 꽃잎도 있다. 바람에 떨어지는 열매도 있다. 그러나 씨를 뿌려야 무엇이 나올지 알 수 있겠지. 미지의 내일을 걱정만 하며 흘려보내기에는 나의 하루가, 그리고 우리의 삶이 너무 짧지 않을까? 과정을 즐기지 못하고 결과만 바라보면서 나아가던 발걸음을 멈춰 세운다. 모든 것이 완벽하게 흘러가기를 바라던 나의 마음을 다잡는다. 싹 틔우지 못한 씨앗도 생의 거름이 되겠지. 그러니 오늘이 어떻게 흘러갈지 모르겠지만 씨를 뿌려야겠다. 그 씨앗은 내가 먹는 건강한 한 끼, 마음이 맞는 사람들과 즐거운 대화, 감사하는 마음과 한 권의 책 같은 것들이리라.

나의 오랜 친구인 불안이 고개를 들 때마다 고흐의 그림을 떠올린다. 불안이 삶의 방향키를 잡을 때, 나는 현재에 있지 못할 때가 많다. 과거에 대한 후회에 머물거나 미래에 대한 걱정에 몰두했다. 심리상담을 하면서 만난 분들도 현재에 있지 못할 때가 많았다. 지나간 어제와 오지 않은 내일을 바라보느라 우울과 불안을 마주하고 있었다. 현재에 있지 못한 그 순간, 쉽지 않지만 'here and now'를 되새겨본다. 호흡을 하며 이 순간으로 돌아오는 연습을 한다. 숨을 천천히 들이쉬고 내쉬며, 내 몸과 마음이 지금 어떤 것을 느끼고 있는지 알아차린다. 내 눈 앞에 펼쳐지고 있는 풍경과 현재 보이는 것들, 지금 나에게 느껴지는 것들에 집중하는 연습을 한다. 이것 또한 우리의 오늘을 건강하게 살아 내기 위해 뿌리는 씨앗일 것이다.

이 글을 쓰는 지금도 아직 다가오지 않은 누군가의 평가에 대한 두려움과 불안이 슬며시 고개를 든다. 그러나 나와 같은 생각을 하고 있을 누군가를 위해 용기를 내어 본다. 한 사람에게라도 나의 마음이 닿는다면 그 또한 내가 뿌린 씨앗이 될 것이다. 삶이 두려운 누군가에게 고흐의 그림을 전하고 싶다.

"우리 어떤 꽃을 피우고 열매를 맺을지 모르겠지만 씨앗을 뿌려 봐요. 씨앗을 뿌리는 이 순간의 나를 따뜻한 눈으로 바라보기로 해요."

그림이 건네는 질문

+ **오늘 나는 삶의 정원에 어떤 씨앗을 뿌리고 싶나요?**
+ **내 마음을 편안하게 해 주는 것은 무엇인가요?**

여은희, 〈Happy mill(행복한 방앗간)〉, 2011, 태피스트리, 90x115cm

정은희

옥토끼의 변주곡

어릴 적 엄마는 달에 절구질하는 토끼가 산다고 했다. 그때는 동화 같은 그 말을 믿었다. 그래서 토끼가 어디 있으나 찾으려고 고개가 아플 정도로 달을 올려다보곤 했다. 한참 동안 눈을 비비며 보고 있노라면 거뭇거뭇한 달 표면의 음영이 마치 절구질하는 토끼의 모습처럼 보였다. 나도 모르게 "찾았다!" 외치면 엄마는 흐뭇한 미소를 지으며 머리를 쓰다듬어 주셨다.

여은희 작가의 〈행복한 방앗간〉에도 방아를 찧는 두 마리의 토끼가 등장한다. 흰 토끼는 불로장생의 명약을 만드는 달나라의 옥토끼를 연상하게 한다. 하얀 털이 복슬복슬 귀엽지만, 전설의 토끼다. 밤이 되면 달빛 아래 절

굿공이를 들고 부지런히 약을 짓는다. 세상 사람에게 행복이 내리는 것은 옥토끼가 애써 약을 짓는 덕분이다. 옥토끼는 밤새 약을 짓다가 낮이면 피곤해 까닥까닥 졸다가 해가 지면 일어나 다시 약을 짓는다. 그래서 옥토끼는 이타, 헌신, 희생을 상징한다. 옥토끼는 늘 피곤하지만 그래도 외롭지 않다. 함께하는 친구가 있으니까.

두 마리 토끼가 번갈아 절구질하는 경쾌한 방앗소리가 들리는 듯하다. 마치 약속이나 한 듯이 '강약 중간 약'을 반복하며 율동적으로 움직인다. 둘의 시선이 각자 다른 곳을 향하고 있음에도 엇박자가 나지 않는 것은 서로를 향한 믿음 덕분이다. 상대에 대한 절대적인 신뢰가 경쾌한 절구질을 끊임없이 이어지게 만든다. 나의 속도를 강요하지 않고 상대를 온전히 인정할 때 가능한 일이다. 무한한 믿음이 형성되기까지 얼마나 많은 조율의 시간과 자신의 마음을 다독이는 노력이 필요했을까. '쿵작쿵작' 리듬의 박자가 맞춰지기까지 얼마나 많은 갈등의 순간이 있었을까. 그들의 절구질은 서로 다른 환경에서 자란 두 사람이 새로운 가정을 이루고 살면서 부딪히고 다듬어지는 과정을 떠올리게 만든다.

어느새 결혼한 지 30년이 되었다. 이만큼의 세월을 함께하면 눈빛만으로도 상대가 무엇을 원하는지 알 수 있을 줄 알았다. 하지만 나는 아직도 남편을 모르겠다. 종종 남편이 어떤 대꾸도 하지 않을 때가 있다. 분명 기분이 상한 듯한데 무슨 이유로 화가 났는지 말하지 않는다. 답답하지만 이유를 꼬치꼬치 캐묻지는 않는다. 나 자신을 들볶거나 속을 끓이지도 않는다. 시간이 지나면 남편의 감정이 자연스레 풀릴 것을 아는 까닭이다. 풀리고 난 후에도 굳이 지난 일을 꺼내서 시시콜콜 따지지 않는다. 결혼 초에는 빨리 오해를 풀고 불편한 상황을 해소하려 애썼다. 하지만 서둘러 대화를 시도하다가 오히려 감정의 골이 깊어지기도 했다. 남편은 감정을 추스를 시간적 여유가 필요한 사람이었다. 서로에게 적응하기 위해 크고 작은 다툼이 얼마나 많았는지 헤아릴 수도 없다.

누구에게나 평생 바뀌지 않는 자신만의 기질이 있다. 억지로 바꾸려 할 때 갈등이 생긴다. 사랑으로 맺어진 부부

라도 마찬가지다. 사실 나도 다툼 후에 감정을 추스를 시
간적 여유가 필요한 사람이었다. 내 감정이 정리되지 않
은 상태에서 남편의 감정을 풀어보려고 애쓰는 말과 행
동들이 또 다른 오해의 불씨가 되기도 했다. 전혀 다른 환
경에서 자란 두 사람이 결혼이라는 테두리 안에서 가정
을 오래 유지하려면, 할 수 있는 사람이 상대에게 먼저 맞
추면 된다. 우리 부부의 경우에는 그게 나였을 뿐이다. 가
정의 평화를 위해 선택한 내 삶의 방식이었다. 그림 속 두
토끼에게서 느껴지는 편안함은 오랜 세월을 함께 쌓아 올
린 경험의 축적 덕분이다. 상대가 평소와 다르게 속도가
빨라지거나 느려질 때, 이유를 채근하기보다 그냥 조금
기다려주는 것이 쉽고 빠른 해결책임을 배웠다.

　여전히 나는 밤하늘의 달을 올려다보는 것을 좋아한다.
달나라에 토끼가 산다고 믿던 아이는 이제 세상에 없지
만 경쾌한 절구 소리는 여전히 내 귓가를 맴돈다. 방앗소
리는 내 마음 깊숙한 곳에서 항상 연주되어 흐르기 때문
이다. 한 번도 같은 곡조의 연주는 없었다. 상대의 속도와
강약에 맞춰 변주하면 그만이다. 그렇게 우리 부부의 노

래는 지금도 계속된다.

그림이 건네는 질문

+ 배우자와의 갈등을 줄이는데 비슷한 성격이 좋을까요? 반
  대 성격이 좋을까요?

+ 자녀가 결혼한다면 어떤 조언을 해 주고 싶은가요?

하이경, 〈애월〉, 2022, 캔버스에 유화, 34.8x27.3cm

권새봄

빈자리에 채우는 사랑

지난여름, 아들과 함께 말레이시아에서 한 달 살기를 했다. 하루는 무얼 하면 좋을지 고민하다 조금 멀리 나가 보기로 했다. 이른 저녁을 먹고 친구 가족과 함께 차로 한 시간가량 달려 항구에 닿았다. 산책도 하고 여유롭게 차도 마시고 숙소로 돌아오려던 참에 풍등 체험을 할 수 있다는 얘길 들었다. "가 보자!" 모처럼의 이벤트에 신이 난 아이들이 풍등 하나씩을 집어 들었다. 납작하게 접힌 풍등에 소원을 적고 펼친 뒤 불을 붙여 하늘에 띄우는 방식이었다. 아들은 무언가를 열심히 쓰더니, 두둥실 떠오르는 풍등을 바라보며 내게 속삭였다. "엄마, 저 풍등이 밀크가 있는 곳까지 가겠지?"

밀크는 2019년에 우리 가족이 된 골든 리트리버였다. 처음 만난 유기견 센터에서 제 몸보다 작은 케이지 안에 구부정하게 앉아 있던 모습이 아직도 선하다. 그 무기력한 눈빛을 보는 순간 알 수 있었다. '오늘은 그냥 집에 갈 수 없겠구나.' 이상한 끌림이었다. 입양 후에야 알게 된 사실이지만 밀크는 양쪽 뒷다리에 심한 슬개골 탈구가 있었다. 무리한 운동은 삼가야 한다는 의사의 말을 듣고서야 어쩌면 그것이 밀크가 버려진 이유였을지도 모르겠다고 생각했다. 나는 그날 밀크의 맑고 선한 두 눈을 바라보며 다짐했다. '함께하는 동안 네가 행복하면 좋겠어.'

우리는 매일 아침 산책을 했다. 실외 배변을 해야 하는 녀석을 위해 가족들은 1년 365일, 비가 오나 바람이 부나 발걸음을 멈추지 않았다. 공원과 호숫가를, 등굣길을 함께 걸었다. 더운 날에는 벤치에서 쉬었고 눈 오는 날에는 함께 뒹굴었다. 아들에게 밀크는 특별한 존재였다. 가족이 집을 비운 동안 든든한 보호자였고 밤이면 나란히 침대에 누워 잠이 들었다. 아들은 밀크의 등을 베고 책을 읽었고 간식을 나눠 먹었고 함께 낮잠을 잤다. 우정이라고

해야 할지 사랑이라고 해야 할지, 둘 사이에는 그런 말로
는 다 담기지 않는 온기가 있었다.

　그렇게 우리 가족에게 아낌없는 사랑을 주던 밀크는 작
년 봄, 잠시 앓다가 조용히 무지개다리를 건넜다. 떠나보
내고 나서야 생각했다. '사는 동안 행복하게 해 주겠다던
약속을 나는 얼마나 지켰을까.' 내가 건넨 사랑보다 더 큰
따스함을 남기고 간 아이, 보채는 일 하나 없이 묵묵히 그
자리에 있던 밀크를 떠올릴 때마다 고맙고 미안한 감정이
밀려왔다. 아이들은 매일 아침 밀크의 사진을 보며 '사랑
해', '보고 싶어'라며 간절한 마음을 하늘로 띄운다.

　한동안 잊고 있던 감정을 다시 마주한 건, 하이경 작
가의 작품 〈애월〉에서였다. 구름 사이로 비치는 파란 하
늘, 분홍빛 노을을 배경으로 반려견과 바닷가를 걷는 사
람의 모습에서 밀크와의 시간이 겹쳤다. 매일의 산책, 평
온했던 일상이 파도처럼 밀려와 가슴을 적셨다. '아무 일
없던 하루하루야말로 가장 빛나던 순간이었다'라는 걸 밀
크의 빈자리가 말해 주고 있었다. 그래서 마음먹었다. 남

은 나날만큼은 더 사랑하며 살자고, 이 순간을 감사하자고. 아들이 풍등에 적었던 한 줄이 여전히 가슴을 콕 찌른다. "하늘에선 아프지 말고 실컷 뛰어놀아, 밀크야!" 그 문장이 지금도 내 안에서 그리움이란 불빛으로 타오른다. 당장이라도 녀석이 그림 속에서 뛰어나와 와락 안길 것만 같다.

그림이 건네는 질문

+ **당신이 채우고 싶은 '빈자리'는 누구의 자리인가요?**
+ **잃어버린 사랑을 다시 꺼내본 적이 있나요?**

페테르 파울 루벤스, 〈잠자는 두 아이〉, 1612, 캔버스에 유채, 76x63cm

민대희

깊은 밤의 위로

"어제 3시간밖에 못 잤네요.", "우리 나이가 원래 그래요. 나도 밤에 자다 깨다 해요." 회식 자리 내 앞에 앉은 강사들이 하는 말이다. 나 역시 늘 잠이 부족한 터라 나이가 들면 모두 불면증에 시달린다고 생각했다. "나는 굿당 옆에서도 푹 자는데요." 내 옆에 앉은 강사가 말한다. 얼마나 잘 자길래 옆에서 무당이 굿을 하는데도 잠을 잔다는 말인가. 나랑 비슷한 연배인 듯싶은데 잠을 푹 잔다는 말에 부러움이 앞선다. 그러면 불면증이 꼭 나이 때문만은 아니라는 말인가.

잠자리에 누워, 말똥거리는 정신을 붙잡고 내 불면증이 언제부터였는지 떠올려 본다. 어렸을 때 지나가는 상여를

보고는 사람이 죽는다는 것을 처음 알았다. 하필 그때 우
리 집 대문 앞에 공포 영화 포스터가 붙어 있었다. 관에서
올라와 무시무시하게 노려보는 처녀귀신을 지나야만 집
으로 들어갈 수 있었는데 금방이라도 뒤에서 손이 뻗어올
것만 같았다. 밤이 되면 두려움이 심해졌다. 잠만 들면 귀
신들에게 잡혀가는 꿈을 꾸었고, 가위에 눌리는 일도 잦
았다. 그 무렵 갑작스레 집안 사정이 나빠지는 바람에 부
모님은 서울로 가시고 우리 남매는 할머니 댁에 맡겨졌
다. 할머니는 인자함과는 거리가 먼 분이셨다. 눈치가 보
여 깊은 잠을 자기 힘들었다. 한참이 지난 후에야 홀로 되
신 엄마와 다시 살게 되었지만 무서운 할머니에게서 벗어
날 수 있어 기뻤다. 하지만 마음 한쪽에서는 엄마도 아버
지처럼 갑자기 돌아가실까 봐 너무나 불안하고 두려웠다.
자다가도 놀라서 자주 깨곤 했는데 엄마의 숨소리를 듣고
나서야 다시 잠이 들었다. 열 살이 훨씬 넘어서까지도 야
뇨증으로 엄마를 힘들게 했다. 지금 생각하면 짙은 불안
감이 원인이 아니었을까 싶다.

　어른이 되고 나니 밤은 우리들의 친구이자 천국이었다.

그때 유행했던 올나이트는 밤새워 놀 수 있는 해방구였다. 춤추고 먹고 마시고 사랑하는 일이 얼마나 즐거웠는지 잠자는 시간조차 아까웠다. 야간대학을 다닐 때는 잠을 줄여가며 공부해야 했고, 결혼 후에는 육아와 직장생활을 병행하느라 제대로 자지 못했다. 사람을 좋아하는 성격인지라 바쁘고 힘든 와중에도 밤이면 모임 자리를 찾아다녔다. 늦은 나이에 다시 공부를 시작해 대학원을 다니면서 잠 안 자고 공부하는 시절도 보냈고, 시어머니와 친정어머니가 연이어 아프서서 무수히 많은 밤을 병원에서 지새웠다. 나에게 잠은 게으르거나 사치스러운 것이었다. 밤에도 무엇인가를 해야 마음이 편했으니, 낮잠은 생각조차 하지 않았다. 밤도 잊고 잠도 잊어버린 세월이었다.

갱년기가 찾아오니 잠을 자고 싶어도 못 자는 사람이 되었다. 잠들기도 어려웠지만 겨우 잠이 들어도 금방 깨버렸다. 매정한 연인처럼 잠은 내게서 멀어졌고, 나는 뜬눈으로 밤을 지새우기 일쑤였다. 모두가 잠든 밤에 홀로 깨어 있노라면 외로움이 사무쳤다. 어두운 거실을 서성이며 아침을 기다리는 날들이 잦아졌다. 잠자는 숲속의 공주가 걸린 저주보다 무서운 저주가 불면증이라는 생각이 들었다. 긴 밤을 지새우고 아침이 오면, 까끌한 눈과 푸석한 피부가 선명했다. 몽롱한 하루하루를 우울하게 보냈다. 잠을 잊고 살았던 벌을 지금 받나보다 싶었다.

그런 시간 속에서 몸과 마음이 힘들어졌고 기어이 갑상선암이 찾아왔다. 긴 치료를 하면서 몸을 다시 돌아보게 되었고, 오래 아프며 잠이 나를 돌보는 일임을 깨달았다. 잠이 보약이라는 옛말을 되새기며 잊어버린 잠을 다시 찾기로 마음먹었다. 아침에는 햇빛을 듬뿍 받으며 산책하고 꾸준히 운동한다. 가능하면 평화로운 마음을 가지려 하며, 저녁 식사를 마친 후에는 TV나 스마트폰을 보지 않는다. 편안한 내용의 책을 읽고 좋은 그림을 찾아 감상한다. 오늘 나에게 선물하는 그림은 루벤스의 〈잠자는 두 아이〉이다. 걱정도 두려움도 없어 보이는 사랑스러운 얼굴의 두 아이, 아빠의 자장가와 엄마의 따스한 손길이 깊은 잠으로 이끌었을 것이다. 말똥거리는 생각을 달래며 저 아이들처럼 잠들기를 청한다. 두 눈을 감고 부모님이 재워 주셨던 어린 시절로 되돌아간다. 편안하게 숨 쉬며 몸

의 긴장을 풀어준다. 사랑스러운 저 아이들처럼 나도 이
제 곧 잠이 들 것이다. 언젠가는 나도 "나는 굿당 옆에서
도 푹 자요."라고 말할 수 있었으면 좋겠다.

그림이 건네는 질문

+ **단순한 휴식이 아니라, 마음이 온전히 쉬어가는 순간은 언
  제인가요?**
+ **작품 속 아이들처럼 따뜻한 안식을 건네는 사람은 누구인
  가요?**

윤희경, 〈난 괜찮아〉, 2023, Acrylic on Canvas, 130.3x97.0cm

허제선

자유롭게 달려도 괜찮아

"사는 이유가 뭘까요?"

세계사 수업 시간에 한 아이가 물었다. 예상치 못한 질문에 멈칫하고 말았다. 중학교 2학년, 나의 대답이 아이에게 영향을 미칠 것 같아 잠시 숨을 골랐다. "스스로 그 답을 찾기 위해 사는 게 아닐까." 일단 시간을 벌며 책에나 나올 법한 말들을 이어 갔다. 살면서 '아, 이래서 사는 거구나!' 싶은 순간들을 겪게 될 거고, 그런 순간들이 쌓여 살아갈 이유가 될 수도 있을 거라고. 아이는 고개를 끄덕였지만 나의 말이 마음에 닿았는지는 여전히 의문이다. 말보다 중요한 건 어쩌면 그 순간 함께 나누는 눈빛과 분위기였는지도 모르겠다.

나 역시 그런 질문들에 빠져 있었던 10대 시절이 있었
다. 지두 크리슈나무르티의 『아는 것으로부터의 자유』를
처음 읽은 것도 그 무렵이다. 자유가 고팠던 것일까. 사
실 그 나이엔 아는 것도 그리 많지 않았을 텐데, 왜 그 책
을 선택했는지 지금의 나는 짐작하기 어렵다. 책장 한편,
누렇게 바랜 채 여전히 자리를 지키고 있는 책을 꺼내 본
다. 10대의 나를 다시 만나는 기분이다. 밑줄 그어진 구절
을 소리 내어 읽어 본다. "당신은 당신 자신과 함께 살아
보려고 한 적이 있는가?" 그렇구나. 그때의 나는 이런 자
유를 꿈꿨구나 싶어 애틋해진다. 마음 한편이 뭉클해지며
그 시절의 나를 조용히 안아 주고 싶어진다. 어쩌면 질문
을 건넨 친구도 뾰족한 정답보다 따뜻한 눈빛과 토닥임을
바랐는지도 모르겠다.

윤희경 작가의 〈난 괜찮아〉란 그림이 있다. 그림 속에
서 한 아이가 저 푸른 초원 위를 냅다 달리고 있다. 길도
이정표도 없다. 그냥 무한대다. 어디로 가도 상관없다. 아
이가 지나간 곳이 곧 길이 된다. 현실은 어떠한가. 어릴
때부터 정해진 길만 따라가던 아이들은 길이 아닌 곳은

감히 넘보지 못한다. 스스로 선택하는 일이 낯설고 어렵다. 가고 싶은 길보다는 가야 할 길을 선택하게 된다. 그러다 문득 '난 누구, 여긴 어디'라는 의문이 떠오르고 고개를 갸웃거리며 발걸음을 멈추기도 한다. 불확실한 길 앞에서 머뭇거리는 마음, 너무 늦은 건 아닐까 하는 두려움에 발걸음이 묶이기도 한다. 그런 친구들에게 이 그림이 잠시라도 자유롭게 달려보는 상상을 선물할 수 있지 않을까. 어쩌면 잠깐의 휴식이자, 삶을 다시 바라보는 여백이 될지도 모른다.

우리 집 유일한 10대, 둘째 아이의 모습이 겹친다. 다람쥐 쳇바퀴 돌듯 매일 집과 학교, 학원을 오간다. 집에서조차 온전히 쉬지 못하는 고3 수험생이다. 어쩌다 여유가 생기면 스마트폰에 마음을 빼앗기고, 가족이 함께 모여 식사하는 일조차 특별한 이벤트가 되어 버렸다. 10년째 함께해 온 역사 마인드맵 수업의 초중등 아이들도 비슷하다. 주요 과목에 치여 역사는 방학 특강으로 밀려나고, 방학이라고 다를 것 없는 일상에 지친 아이들은 무표정으로 자리를 채운다. 자유 시간이 절대적으로 부족한 아이들에게, 이 그림이 작은 위로가 될 수 있으면 좋겠다. 길을 벗어나도 괜찮다는 응원을 건네고 싶다.

선도 없고, 이정표도 없는 저 푸른 초원을 달리는 아이들을 상상해 본다. 뒤따르는 햇살과 얼굴을 스치는 바람, 그저 신나게 달려간다. 아이들의 미소가 유난히 밝게 빛난다. 생각은 자유니까, 뭐든 가능하다. 상상이 익숙해지면 언젠가는 현실이 되는 날도 오지 않을까. 그림 속 아이와 함께 드넓은 초원 위를 달리는 상상을 해 본다. 윤희경 작가의 〈난 괜찮아〉를 10대 아이에게 선물해 주고 싶다. 그리고는 아이들의 귓가에 가만히 속삭여주고 싶다. "잠시라도 자유롭게 달려보렴. 그래도 괜찮아. 때로 길은 자유롭게 달리는 용기에서 시작된단다."

그림이 건네는 질문

+ '괜찮아'라는 말이 위로로 다가왔던 순간은 언제였나요?
+ 오늘 하루, 자유롭게 무엇이든 할 수 있다면 무엇을 하고 싶나요?

브리턴 리비에르, 〈공감〉, 1877, 캔버스에 유채, 45.1x37.5cm

이경숙

너의 숨소리

"더커덕 더커덕" 이 밤에 뭐 하는 거야? 괜히 윗집을 향해 눈을 흘겼다. 알고 보니 문 앞에 자리 잡은 땅콩이가 범인이다. 유독 거친 숨소리는 심장 때문이다. 콩이는 1년 전부터 심장이 커져 약을 먹고 있다. 심장약을 먹다 보면 콩팥에 무리가 가고, 그러다 보면 이뇨제도 써야 하고 약의 양을 계속 늘려야 한다. 우리는 원래 심장이 안 좋았던 것이 아니라, 나이가 들어 그렇게 된 것이니 기본 약만 먹이겠다고 버티고 있다. '사람이라면 그냥 두겠냐?'는 말을 들으면 머리가 복잡해진다. 무엇이 콩이에게 최선일지는 모르지만, 병원에 갈 때마다 사지를 달달 떠는 콩이를 보면 스트레스라도 줄여주자는 생각뿐이다.

　사실 동물을 좋아하지 않았다. 특별히 나쁜 기억이 있었던 건 아니지만 털 안으로 느껴지는 뭉클한 감촉이 싫었다. 엄마의 오리털 목도리만 닿아도 소스라치게 놀라 내던지곤 했다. 그랬던 내가 지금은 콩이의 제1 보호자가 되어 씻기고 먹이고 산책시키고 털을 비비고 눈을 마주친다. 밖에서 일을 보다가도 가장 걱정되는 것이 콩이이고, 가장 보고 싶은 이도 콩이다. 이것은 나뿐 아니라 온 식구가 그런 듯하다. 독립한 후로 2주에 한 번 주말에나 잠시 들르던 큰아이조차 콩이가 보고 싶다며 금요일엔 일찍 온다.

　처음 콩이가 집에 왔을 때, 1년 먼저 식구가 된 호두가 있었다. 고만고만한 작은 강아지들이 나를 봐달라고 아우성칠 때, 삐죽 내밀었다가 힘없이 내려가던 머리가 애처로웠다. 반짝이는 눈과 마주쳤지만 나는 아무 생각이 없었다. 어차피 선택권은 5학년 아들에게 있었다. 멀뚱멀뚱 서 있는데 아이가 바로 그 강아지를 선택하는 게 아닌가. 그 작은 강아지가 옆에 오는 것이 무서워서 나는 양말에 실내화까지 신었다. 눈도 못 마주쳤다. 눈을 맞추면 뭘 해달라 하는데 어떡하나 싶었다. 언제부터 손이 가고 마음이 갔는지 기억나지 않는다. 어느 순간부턴가 내가 호두를 안고 씻기고 데리고 자고 있었다. 사육장에서 태어난 까닭인지 호두는 잔병치레가 많아 까다롭고 예민했다. 그에 비해 가정집에서 어미젖을 먹다 분양받아 온 땅콩이는 집에 오자마자 대자로 누워 태평하게 잠을 자서 모두 웃었던 기억이 난다. 호두와 비교하면 땅콩이는 무던했다. 장난으로 먹고 있는 걸 뺏어도 선한 눈으로 가만히 기다리는 아이가 땅콩이다.

산책을 시키다 무례한 경우를 많이 당했다. 아무것도 하지 않았는데 먼저 소리를 지르는 사람, 대놓고 싫은 표정을 짓는 사람, '강아지 밖에 똥 누이려 데리고 나와요?' 하는 사람, 킁킁거리고 냄새 맡고 있으면 '아, 저리 데려가요.' 하는 사람 등등 여전히 동물을 싫어하는 사람이 차고 넘친다. 수업하면서 반려동물에 관한 이야기가 나오면 상상만으로도 싫은지 귀를 막는 분까지 있다. 생각이나 말씀이 반듯하시고 참 좋은 분인데 반려동물에 대해서는 꽉 막히셨구나 싶어 안타깝다. 강아지를 키우면서 나의 세계는 넓어졌다. 만약 호두와 콩이를 키우지 않았다면 그들이 얼마나 영민하고 깨끗하고 지극한 존재들인지 몰랐을 것이다. 때로 나는 귀찮아하지만, 그들은 한결같이 나만을 바라본다. 싱크대에서건, 책상에서건, 화장실에서건 순간 옆을 돌아보면 나를 향해 고개를 돌리고 있다. 땅콩이의 눈을 고양이에게서도, 다람쥐에게서도, 새에게서도 본다. 나의 반려견을 사랑하는 일은 인간이 아닌 존재를 배려할 수 있는 마음으로 이어졌다.

화장실에 앉아 있는데 문 앞에서 콩이의 숨소리가 들린다. 눈물이 왈칵 솟았다. 무슨 사랑이 이렇게 지극할까 싶다. 몇 시간 집을 비워도 가만히 기다려주는 땅콩이, 무슨 생각에서인지 오빠 책상 밑 매트에서 한참 털을 비비고 몸부림을 치다 나오는 땅콩이, 개모차에 앉아 내 눈을 뚫어지게 바라보며 불안한 마음을 가라앉히는 땅콩이. 땅콩이가 없는 삶은 상상하기조차 싫지만 어느덧 땅콩이도 열여섯 살이 되었다. 일곱 살의 나이로 하늘나라에 간 호두보다 두 배를 살고 있는 셈이지만, 더 살아 주었으면 한다. 오래오래 우리 가족의 곁에 머물기를 바란다.

땅콩아, 너에게 그림을 선물하고 싶어. 브리턴 리비에르 작가의 〈공감〉이라는 작품이야. 수심에 잠긴 소녀의 곁을 강아지가 지켜 주고 있어. 사랑으로 가득한 두 눈이 얼마나 위로가 되는지 몰라. 미동 없이 누워있으면 무슨 일이라도 난 줄 알고, 부산스럽게 들쑤시는 땅콩이 생각이 났어. 땅콩아! 오늘 밤 너의 잠이 편안하기를 기원할게, 어떻게 하면 네게 나은 선택인지를 깊이 고민할게. 네가 얼마나 귀하고 소중한 존재인지를 꼭 알아주면 좋겠어.

그림이 건네는 질문

+ **반려동물이나 반려식물 등 나에게 친구 같은 반려가 있나요?**
+ **누군가의 숨결이 당신을 위로한 적이 있나요?**

박서보, 〈묘법 No.180518〉,
2018, 캔버스에 한지와 복합매체, 130x200cm, ⓒ박서보재단

정혜원

붉음의 재인식

붉은색을 의식적으로 피하면서 살아왔다.

"너무 예쁘지 않아?"

예쁜 빨강을 보면 친구에게 권한다.

"정말 너무 예쁘네. 너도 사!"

"아니야! 난 빨강은 안 돼."

"어이구… 이젠 괜찮아. 다 늙어서 무슨."

"늙는다고 감정이 없어지는 건 아니잖아. 오히려 더 무서울 수 있다고…."

20대에 친구와 재미 삼아 사주를 보러 갔다. 사주에 '화'가 많다고 붉은색을 피하라고 했다. 바람이 난다나. 좋지 않다기에 찜찜해서 옷도, 구두도, 소품도 빨간색을 피했

다. 다행히 초록이나 푸른색 계열을 좋아해서 큰 불편함
은 없었다. 빨강을 싫어하지는 않는다. 불에 타는 듯한 붉
은 단풍, 여름의 장미, 겨울의 동백, 서쪽 하늘의 석양은
얼마나 아름다운가. 살면서 다양한 매력의 빨강을 만났
다. 마음에 드는 빨강을 앞에 두고 환호성을 지르기도 했
다. 단, 내가 소지하는 것은 절대 금지다.

영국에 공부하러 갔다가 브렉시트로 비자 법이 바뀌면
서 내 의지와 상관없이 한국에 돌아와야 했다. 답답한 마
음에 『나의 운명 사용설명서』의 저자 고미숙 선생님의 수
업을 등록했다. '내 삶의 주인으로 사는 법'을 간절히 배우
고 싶었다. 첫 수업 시간, 선생님이 "사주에 '정화'가 있지
요?" 물으시는 게 아닌가. 어찌나 깜짝 놀랐던지. 선생님
은 '정화'가 있는 사람은 부드럽고 다정한 느낌과 함께 내
면의 열정이 분위기로 드러난다고 하셨다. 하는 일을 물
으셔서 대안 교육을 한다고 말씀드렸다. 나와 맞는 길을
잘 가고 있단다. 바람과는 관계없는 사주란다.

마치 머리를 한 대 얻어맞은 듯했다. 지금껏 붉은색을

피해 살아온 세월은 무엇을 위해서였던가! 이것이 옳든 저것이 옳든 어차피 다 남의 이야기인데 휘둘려왔던 것이 아닌가. 하지만 그 순간 비로소 자유로워진 느낌이었다. 스스로 옭아매던 사슬을 풀어낸 기분이었다. 마침내 내가 추구하는 삶이 남들과 달랐던 까닭을 알게 되었다. 나의 선택으로 인한 힘겨움조차 삶의 일부로 받아들이기로 했다. 신은 내가 감당할 만한 무게만 주실 테니까. 고미숙 선생님의 수업을 통해 심리학과는 또 다른 방식으로 나를 이해할 수 있게 되었다.

존경하는 단색화 작가 박서보 선생님의 연희동 '기지' 재단을 찾았다. 벚꽃색, 개나리꽃 색, 회색, 먹색, 붉은색 등의 묘법 작품이 전시되고 있었다. 붉은색 작품 앞에 오랫동안 서 있었다. 한지를 겹쳐 붙이고 그 위에 선을 긋는 반복을 수행하듯이 했으리라. 계속 일정하게 내려긋는 수행자의 고난은 선으로 솟았다. 반복된 행위는 골을 만들고 골은 길이 되었다. 길을 내며 밀려난 한지는 이랑이 되었다. 이랑이 만든 붉음은 화가의 열정이며 가을의 단풍이다. 검은 골 위의 붉음이 이렇게 곱고 아름다울 수 있다니. 측면에서 본 붉은 이랑들은 안락하고 푹신한 느낌마저 들었다. 작가의 여생은 그곳에서 편안한 쉼이 될 것만 같았다. 작가가 묘법에 처음으로 색을 사용했다는 그 작품을 〈붉은 단풍〉이라 이름하고 싶었다. 붉은색이든 어떤 것이든, 나를 속박하는 것들을 두려워하지 않겠다. 내가 선택한 길을 스스로 지지하며 나아가겠다. 그 모든 것들이, 모든 순간이 나를 만들어가고 있다. 헛된 시간은 없다. 나를 만들어가는 시간 속에서 내가 원하는 나, 나다운 나로, 바람에 흔들리며 살아가겠다. 붉음으로, 초록으로, 그리고 푸르름으로.

그림이 건네는 질문

+ **당신에게 '붉은색'은 어떤 감정을 떠올리게 하나요?**
+ **꾸준하게 반복해서 하는 일이 있다면 그 일이 당신의 삶에서 어떤 의미인가요?**

4장

행복과 손잡다

그림으로 만나는 일상의 행복

라우리츠 안데르센 링, 〈At Breakfast〉, 1898, 캔버스에 유채, 52x40.5cm

김미경
내가 꿈꾸던 시간

창밖에 비가 많이 온다. 장마란다. 식탁에 앉아 베란다 창에 부딪히는 빗방울을 보며 차를 마신다. 직장 생활을 하면서 그렸던 소박한 풍경을 현실로 맞는 아침이다. 32년, 짧지 않은 세월을 어떻게 버텼을까. 긴 시간을 잘 보내고 이제 마무리하는 내가 스스로 대견하다. 언젠가 코드가 뽑힌 토스터에 새카맣게 탄 채 튀어 올라온 식빵 두 장을 그린 작품을 보았다. 작품의 제목은 〈번아웃〉, 기발한 표현에 혼자 웃다가 딱 맞는 표현 같아 끄덕끄덕했던 기억이 난다.

지난날을 돌아보면 힘들었던 기억들이 먼저 떠오른다. 잦은 야근, 업무에 대한 부담감, 상사나 동료들과의 불편

했던 관계까지. 스트레스를 이기지 못하고 입원을 한 적
도 있었다. 직장인이라면 누구나 한 번씩 겪는 일이라고
했다. 가끔은 비쩍 말라 방전된 상태로 지내기도 하고 작
품 속 식빵처럼 새까맣게 속이 타서 얼굴 가득 기미가 뒤
덮을 때도 있었다. 그럴 때면 '소진'이라는 단어가 떠오르
곤 했다. 나라는 존재가 사라져 재가 된 기분이었다. 내
안의 모든 것이 사그라들어 껍데기만 남은 것 같았다.

　워킹맘의 하루는 동동거림으로 이루어진다. 아이가 아
프거나 집안 행사가 있을 때는 더더욱 동동거리며 뛰어
다닌다. 집과 사무실을 시계추처럼 오가며 정해진 반경
을 벗어나지 못했다. 늘 초침 바늘처럼 움직였다. 째깍째
깍 시계 소리에 쫓기듯 살았다. '빨리빨리'와 '순서 정하기'
가 몸에 배어 버렸다. 동동거림에 지칠 때마다, 아무것도
하지 않고 쉬어 보고 싶었다. 그럴 때면 어김없이, 창가로
들어오는 따뜻한 아침 햇살을 맞으며 식탁에 앉아 차 한
잔의 여유를 갖는 모습이 그려졌다. 그렇게 조용하고 평
화롭게 쉬어 봤으면. 애청하는 음악과 책 한 권까지 얹어
놓는 상상을 하며 그렇게 쉬어 보고 싶었다.

정작 연차를 내고 집에 있는 날에도 그런 여유를 갖긴 쉽지 않았다. 정말 아무 일정도 없이 쉬고 싶다는 단 하나의 이유로 낸 연차였지만 평일에만 가능한 각종 점검, 은행 볼 일, 병원 진료 등, 어찌어찌하다 보면 하루가 후다닥 가고 저녁에는 또 피곤함이 몰려왔다. 그때마다 그렇게 지나간 연차를 아까워했다. 내일은 또 출근해야 하는데 소중한 하루를 흘려보낸 것이 마냥 아쉬웠다. 다시금 느긋하게 차 한 잔을 마시는 나의 모습을 상상하며 잠을 청하곤 했다.

스웨덴 국립미술관 컬렉션 전시에서 라우리츠 안데르센 링의 〈아침 식사 중에〉를 만났다. 바로 이 모습이야. 그림에서 전해지는 평온함이 좋았다. 아침 식사를 마친 가족들이 하나둘 학교와 일터로 나서고 비로소 오롯이 나만 남아 있는 시간. 그토록 바라고 상상했던 장면이 그곳에 있었다. 식구들이 떠난 식탁에 앉아 차를 마시고 신문을 읽으며 비로소 갖는 나만의 시간이다. 치우는 것도 잊은 채 대충 앉아 있는 여인의 뒷모습에서는 여유로움과 평화로움이 잔잔히 묻어난다. 이른 아침, 식구들이 잠에

서 깨기 전부터 아침 식사며 출근, 등교를 챙기며 유독 부
산했을 한 여인이 식구들이 나가고 한숨을 돌리는 순간이
다. 비로소 주어진 나만의 시간. 창밖으로 들어오는 아침
햇살의 따사로움과 싱그런 공기가 여인의 마음을 더 평화
롭게 한다.

  항상 꿈꿔왔던 아침의 여유. 누군가는 그게 꿈이라고 부
를 정돈가 싶겠지만, 아침나절 나만의 평화로운 시간이
나의 소망이었다. 내가 꿈꾸었던 소소한 행복이었다. 퇴
직한 후에야 나의 시간을 조율할 권리가 생겼다. 오전의
느긋함을, 방해받지 않는 혼자만의 시간을 만들고 즐겨보
려 한다. 변함없이 내 책상에는 노트북과 몇 권의 책이 놓
여 있다. 여기에 아침햇살을 얹으면 완벽하고 멋진 나만
의 공간이 된다. 전시에서 만난 〈아침 식사 중에〉는 내가
꿈꾸던 평화로움과 쉼을 기억하게 했고 드디어 나는 그런
시간을 만나 즐기는 중이다. 행복이란 멀리 있는 것도, 그
리 거창한 일도 아니다. 지금, 이 순간을 즐기는 일이다.
그림 속 여인도 이런 행복을 느끼는 중이겠지. 그녀의 온
기 있는 평화가 나에게도 옮겨오는 중이다.

그림이 건네는 질문

+ **당신의 아침은 어떤 모습인가요?**

+ **당신이 가장 행복한 시간은 언제인가요?**

프레드릭 칼 프리스크, 〈정원에 앉아 있는 여자〉,
1914, 캔버스에 유채, 66x81.3cm

박미진

덕분에 살아갑니다

싱그러운 초록이 평온을 더하고 색색의 꽃은 한껏 물이 올랐다. 나른한 오후 시간, 가장 좋아하는 자리에 파라솔을 펴고 의자를 내려놓는다. 적당한 볕이 등을 따뜻하게 데워 준다. 의자에 기대어 앉아 읽던 책을 펼친다. 평화로움에 젖어 든다. 여유가 넘치는 시간이다. 정원을 색색으로 채우기 위해 가꾸던 지난 시간의 애씀을 보상받는 순간이다. 붓질이 만들어 낸 정원 속 여인이 되어 시간 여행을 했다. 걱정 없이 뛰놀던 어린 나의 모습, 분주하게 보낸 오늘의 나, 여인처럼 우아한 날을 보내고 싶은 미래의 나를 그렸다. 그러다 문득, 오늘도 동동거리며 살아 내고 있을 그녀가 떠올랐다. 누구보다 쉼이 필요한 그녀를 그림 속에 '쏙' 넣는 상상을 한다.

무더웠던 여름이 끝나갈 무렵 엄마가 쓰러졌다.

"엄마, 살이 너무 빠진 것 같아. 괜찮아?"

"괜찮아. 이번 여름은 작년보다 더 더운지 살이 많이 빠지긴 했는데 걱정하지 않아도 돼."

더위에 약한 엄마는 여름이면 살이 빠지기 때문에 대수롭지 않게 말했다.

"그래도 혹시 모르니까 꼭 검사해 봐요." 그걸로 끝이었다.

8월 말 가족 모임이 있어 친정에 갔다. 엄마 방에는 못 보던 약이 가득했다. 갑상선 항진증 수치가 너무 높아 경련을 일으키며 쓰러졌다고 했다. 위험한 순간은 잘 넘겼다며 대수롭지 않은 것처럼 말하셨다. 우리 엄마, 감기 말고는 병원에 간 적도 없었는데 약이 평생 친구가 되어 버렸다. 아찔했던 그날의 이야기를 하면서도 나를 토닥이신다. "괜찮아, 약 먹고 지금 좋아졌어. 약 먹으면 괜찮으니까 걱정하지 말고." 오히려 불안해하는 나를 안심시켜 주셨다. 하지만 친정에 갈 때마다 엄마의 약상자엔 새로운 약이 추가되어 있었다. 무쇠 팔, 무쇠 다리로 삼 남매를 지켜 주던 헌신의 무게가 느껴졌다. 엄마의 나이 듦에 겁이 났고, 우주 같은 엄마의 존재감이 더욱 크게 느껴졌다.

젊은 시절 엄마는 칭찬에 인색했다. '잘했어' 세 글자조차 듣기 힘들었다. 어린 나는 다정한 응원과 칭찬이 듣고 싶었다. 표현에 인색한 엄마를 매정하다고 생각했다. 서운함이 사무칠 때는 '새엄마가 아닐까?' 하는 의심마저 들었다. 19년을 하루도 빠지지 않고 차려주신 밥상을 당연하다 여겼다. 모든 것이 엄마의 당연한 역할이라 생각했고 나 혼자 큰 줄 알았다. 엄마가 되고 나서야 알게 되었다. 엄마의 밥상은 "잘하고 있어. 힘내, 괜찮아."라는 응원이었다. 자식들의 삶이 자신보다 행복하길 바라는 간절한 기도였다. 이제는 나뿐만 아니라 남편과 아이도 특별 밥상 기도를 받고 있다. 빈약한 우리 집 식탁을 마주하다 애정 가득한 엄마의 밥상을 받게 되면 바지 단추부터 풀게 된다. 모두를 무장해제 시키고 숨 쉴 틈을 준다. 살아 내느라 애썼다며 위로하고 다시 살아갈 힘을 채워 준다.

시부모님, 남편, 자식의 살아갈 힘을 채우느라 자신의

삶은 늘 박박 긁어모아 만든 식은 숭늉처럼 뒷전일 수밖에 없었다. 검었던 머리카락은 어느새 파 뿌리처럼 하얗게 세었다. 365일 쉼 없이 살아 낸 엄마를 이제야 아름다운 계절이 담긴 정원에 초대한다. 엄마만을 위한 자리를 마련하고, 정성스럽게 준비한 삼 남매표 특별 밥상을 차린다. 활짝 핀 꽃을 보시며 사는 즐거움이 별거냐며 꽃처럼 활짝 웃는다. 고맙다며 눈물이 맺힌다. 그날이 오면 이 말은 꼭 해야겠다. 꽃보다 아름다운 엄마, 기억하지 못하는 그날부터 지금까지 엄마의 주름에 새긴 헌신을 기억해요. 엄마 품에서 잘 자라서 매일 잘 살아 내고 있어요. 나의 우주, 이젠 당신의 쉼이 되어 드리고 싶어요. 사랑합니다.

그림이 건네는 질문

+ **당신은 어떨 때 안전하고, 편안하게 느끼나요? 그 이유는 무엇인가요?**

+ **당신은 오늘 '덕분이야, 고마워, 감사합니다.'처럼 긍정의 응원을 나와 타인에게 몇 번 했나요? 어떤 응원의 말을 했나요?**

최피터, 〈hero〉, 2025, 종이에 볼펜, 플러스펜, 유성매직펜, 10x15cm

허재선

내일을 여는 용기

눈을 뜬다. 또 하루가 시작된다. 아니, 오늘은 조금 특별한 하루다. 어제와 다르고, 앞으로도 다시 오지 않을, 삶에 단 한 번뿐인 하루다. 한 달 동안 매일 아침 글을 쓰고 있다. 시작은 스스로를 다잡기 위함이었으나 이제는 어엿한 습관이 되었다. 루틴을 만들기까지 결심과 실행 사이를 오가는 수많은 흔들림이 필요했다. 막상 루틴이 생기니 그것이 지닌 규칙성과 내가 추구하는 자유 사이의 긴장 속에서 또 다른 갈등이 생긴다. 그 모순을 견디는 데에도, 매일 아침 책상 앞에 앉는 데에도, 펜을 쥐는 데에도 작은 용기가 필요하다. 오늘의 나를 이끌어준 건, 어제 쓰기를 멈추지 않았던 나 자신이었다.

때때로 마음이 가라앉는다. 끝이 어딘지 알 수 없는 심연처럼, 서서히, 하지만 확실하게 밑으로 내려가는 기분. 중력은 눈에 보이지 않지만, 어깨를 짓누르고 숨을 고르는 데에도 힘이 든다. 늦가을의 낙엽처럼 마음이 바스락거릴 때, 평범한 일상은 왠지 모르게 견디기 어려운 무채색이 된다. 그날도 그랬다. 그런 순간마다 나를 이끄는 장소가 있다. 특별한 예술을 만나는 공간, 나를 다시 살게 해 주는 쉼터 같은 곳. 목적지는 최피터 작가의 청년미술상점이었다. 예술의 전당 한가람 미술관 한편에서 일주일간만 열리는 전시. 아트페어와 인스타그램을 통해 눈으로만 접했던 작가를 실제로 마주하는 공간이다. 말은 삼키고 그림에 집중한다. 한 작품이 눈길을 끌었다. 그림은 조용히, 그러나 분명하게 나를 바라보고 있었다.

'hero.' 작은 소녀가 한 손을 우주로 뻗는다. 수줍지만 단단하게, 흔들림에도 확신에 찬 몸짓이다. 소녀의 얼굴에는 눈코입이 없다. 작가의 다른 그림들과 마찬가지로, 익숙한 감정의 표식을 의도적으로 비워두었다. 그 부재가 나에게 오히려 자유를 준다. 어떤 감정을 투영해도 어색하지 않으며, 그때그때 나의 상태에 따라 마음속 표정을 새겨넣을 수 있다. 그림 속 'hero'에 처음 용기를 냈을 때의 표정을 그려 본다. 볼은 수줍게 상기되어 있고, 심장은 100m 달리기 출발선에 선 것처럼 뛰고 있다. 조심스럽지만 분명히 앞으로 나아가려는 그 표정이 기억 속 장면들과 겹친다. 처음은 늘 떨리지만, 그 감정은 곧 익숙해지고 담담해진다. 그림은 그렇게 내 마음 한가운데로 파고들며, 과거의 나를 조용히 소환한다.

살다 보면, 삶의 방향을 바꾸거나 익숙한 것을 놓아야 할 때가 찾아온다. 그러한 순간에 필요한 건 큰 결심보다 작은 용기. 인생에 정답은 없고, 우리는 다만 선택의 연속 속에 살고 있을 뿐이다. 결국 나를 믿고 한 걸음 내딛는 용기가 있어야 한다. 익숙한 길 대신 낯선 길을 택했던 내 삶은 그러한 작은 용기의 흔적으로 채워져 있다. 안정된 직장을 떠나 시작한 스타트업, 처음부터 다시 배우며 쌓아 올린 날들, 일을 잠시 멈추고 훌쩍 떠난 여행. 그 모든 순간이 내게는 스스로를 응원하는 과정이었다. 혼자만의 시간 속에서 상처를 어루만지고, 다시 도전할 힘을 키

운다. 그렇게 단련된 나는, 더 이상 '수줍은 hero'가 아닌,
다부진 눈빛을 지닌 나로 나아간다.

　로버트 프로스트의 시 「가지 않은 길」은 늘 내 선택의 지
표가 되어 주었다. 많은 사람이 지나간 길이 아닌, 덜 걸
어간 길을 택하는 것이 나에게는 자연스러웠고, 그 선택
이 나의 삶을 빚어왔다. 하지만 나이가 들어갈수록 선택
이 어렵고 두려워진다. 가능성과 불확실성 사이에서 머
뭇거리고, 미련과 후회의 감정이 그 자리에 선다. 그럴 때
면 나를 다독여주는 무언가가 필요했다. 조용히 내 곁에
머무르며 응원해 줄 존재. 바로 그 순간, 나는 'hero'를 만
났다. 그림은 말없이 나를 감싸고, 표정 없는 얼굴로 나의
감정을 담아낸다. 나는 오늘도 새로운 도전 앞에서 설렌
다. 그림 속 소녀처럼 볼은 발그레하게 물들고 눈동자는
반짝인다. 살짝 올라간 입꼬리로 스스로에게 속삭인다.
"괜찮아, 잘하고 있어."

그림이 건네는 질문

+ '용기'는 두려움이 없는 상태일까요, 두려움을 안고도 나아 가는 힘일까요?

+ 반복되는 하루 속에서도 당신을 계속 나아가게 하는 원동 력은 무엇인가요?

빅토르 가브리엘 질베르, 〈Loving Flower Care〉,
c. 1933, 캔버스에 유채, 40.5x32.5cm

김성아

아름다움에서 발견하는
일상의 행복

식품영양학을 전공하고 심리학 석사 과정까지 마친 대학원 동기 언니가 있다. 전공을 살려 취직했지만, 어렸을 때부터 그림에 대한 꿈이 있었다고 했다. 그러다 배우자가 사준 아이패드로 취미 삼아 그림을 그리게 되었고, 지금은 웹툰과 일러스트 작가로 활동하고 있다. 그녀는 자신이 느낀 것을 그림과 글로 표현하는 재주가 있는 것 같다고 했다. 자신이 가진 재주가 무엇인지 알고 당당히 표현하는 자세가 멋지고 부러웠다. 과연 나에겐 어떤 재능이 있을까?

"너는 꼭 비싼 걸 고르더라." 엄마가 나에게 자주 했던 말이다. 내가 명품이나 값이 나가는 물건을 선호한다는 뜻은 아니다. 어찌 된 일인지 가격표를 보지 않아도 내가 고른 물건들은 꼭 그중에서 값이 나가는 것이었다. 셔츠 하나를 골라도 다른 디테일이 눈에 들어왔다. 단돈 천 원 일지라도 내가 고른 물건이 다른 것들보다 비쌌다. 나는 이러한 나의 안목이 마음에 든다. 한 번이라도 손길이 더 들어간 물건을, 한 끗이라도 더해진 정성을 알아볼 수 있 는 좋은 눈을 가졌다는 뜻이니까.

　무릎을 '탁' 친다. 내 특기이자 재주는 '아름다움을 발견 하는 눈'이었다. 내가 느낀 것을 멋지게 표현하는 재주는 없지만, 아름다운 것을 찾아내는 눈은 가지고 있다. 그렇 다면 '나에게 아름다움은 무엇일까?' 말로 표현하기 어렵 지만, 아름다운 것을 보면 몸이 반사적으로 반응한다. 찌 릿찌릿하면서 즐거운 기분이 든다. 호기심이 샘솟고 다시 또 보고 싶은 애정이 느껴진다. 그래서 나의 쇼핑은 짧지 만 길다. 내 취향이 아닌 것을 판별하는 데는 1초도 걸리 지 않지만, 더 좋은 것을 찾고 싶은 욕심에 길어지고 만다.

　내 취향인 것을 이야기해 볼까? 나는 여름의 청량함을

사랑한다. 여름과 청량은 상반된 것 같지만, 바삭한 햇빛
과 초록의 풍경이 주는 여름만의 청량 무드가 있다. 그래
서 여름의 청량을 잘 담아내는 김물길 작가의 그림들을
사랑한다. 더불어 시트러스 계열의 맛을 좋아하는데, 특
히 레몬이나 유자가 들어가면 어떤 종류라도 환영이다.
반면 내 취향이 아닌 것에는 단호했다. 그중의 하나가 추
상화였다. 비슷비슷하게 생겨서 나도 그릴 수 있겠지 생
각했다. 대충대충 그려 내는 줄 알았다. 그러다 최근 하태
임 작가의 작업 과정에 관한 이야기를 직접 들을 기회가
생겼다. 쉽게 그린다고 생각했지만 선 하나를 그어 나갈
때에도 자신의 온몸을 컴퍼스의 축으로 활용하여 수백 번
연습한다고 했다. 선 하나에도 반복으로 쌓아 올린 각도,
크기, 색깔이 들어 있었다. 작가의 이야기를 듣고 나니 그
림이 새롭게 보였다. 작가가 선택한 선과 색, 그리고 크기
하나하나에 작가의 인생이 담겨 있음이 느껴졌다.

　내 취향이 아닌 것에도 누군가의 어마어마한 정성이 들
어가 있다는 사실을 깨닫고 난 후 나는 마음을 활짝 열어
놓기로 다짐했다. 온몸의 세포를 열고 세상을 온전히 받

아들이려 한다. 세상을 가득 채운 색색의 아름다움을 듬뿍 느끼며 살아가고 싶다. 봄날의 연둣빛 새싹, 여름날 개구리울음과 푸르른 하늘, 마른 낙엽을 밟는 가을의 낭만과 겨울 호수의 윤슬까지. 이 모든 것을 오롯이 누리고 싶다. 빅토르 가브리엘 질베르의 작품 속 여인처럼 말이다. 나 역시 여인처럼 한 송이 꽃도 사랑스럽게 바라보며, 하나씩 나만의 취향을 채워갈 것이다. 세상의 아름다움을 즐겁게 맛보며 나아가고자 한다. 아름다운 것을 아름답다고 말하며 온전히 누리며 살아가고자 한다. 사랑과 관심을 담아 꽃을 가꾸듯, 그렇게 내 삶의 정원을 가꾸고 싶다. 오늘, 당신을 미소 짓게 하는 당신만의 아름다움을 찾아보는 것은 어떨까?

그림이 건네는 질문

+ **내가 아름답다고 느끼는 것은 무엇인가요?**
+ **내 취향으로 삼고 싶은 것이 있나요?**

정은희, 〈꿈속을 거닐다〉, 줌치수제한지, 2024, 150x120cm

유은정

동글 동글 인생은 선물

인천공항 출입국 사무소를 통과하는 줄이 짧아진다. 아들의 뒷모습이 점점 멀어져간다. 발걸음을 재촉하는 분주한 사람들 사이로 아들은 몇 번이고 뒤돌아보며 손을 흔들고 또 흔든다. 마지막으로 길게 손을 흔들어 보이더니 나의 시야에서 사라졌다. 잘 버텼다고 생각했는데 그만 다리 힘이 풀려 공항 바닥에 주저앉고 말았다. 그동안 참고 참았던 눈물이 쏟아졌다.

올해 대학을 졸업한 아들은 이탈리아로 유학하러 가겠다고 했다. 학교 교수님의 권유도 있었고 지난 여름방학에 한 달간 연수를 다녀온 후 유학에 대한 본인의 생각이 확고해졌다. 가능하다면 박사 과정까지 하고 싶다고 했

다. 아들의 미래를 위해서는 보내는 것이 옳다는 걸 알면
서도 내 현실을 생각하면 선뜻 다녀오라 하기가 어려웠
다. 암 투병을 하는 나에게 시간이 얼마나 남아 있을까.
내 몸 상태로는 그 먼 곳까지 만나러 가기 어렵고, 공부하
는 아이가 쉽게 들어올 수 있는 거리도 아니다. 아이를 군
대에 보냈을 때와는 또 다른 상실감이었다. 마음이 한없
이 아렸다. 밥도 넘어가지 않았고 매 순간 울컥했다. 그래
도 내 마음을 고집하며 아들의 삶을 돌아가게 할 수는 없
었다.

정은희 작가는 줌치 한지로 작품을 만든다. 작가는 일
일이 손으로 주무르고 비벼주는 과정을 반복하며 한 장의
종이를 만들어 내고, 그것에 색을 입혀 완전히 다른 세계
를 창조해 낸다. 정은희 작가의 기획 초대전에서 만난 〈꿈
속을 거닐다〉, 작품을 보는 내내 마음이 설렜다. 마치 창
조주가 만들어 낸 인생들 같았다. 쉽게 만들어지는 인생
이 어디 있을까. 저마다 찢기고, 삶의 고통에 부딪혀 가라
앉고, 물에 빠져 허우적대기도 한다. 삶을 살아 내는 끈질
긴 힘은 비벼지고 주물러지는 그 순간들을 견뎌내야 만들

어지는 것 같다. 선명하게 돋보이는 둥글 인생도 있고 희
미하게 구석에 자리한 동글 인생도 있다. 어느 것 하나 치
열하게 만들어지지 않은 것이 없다. 작가는 똑같은 손길
로 힘을 주어 다듬고 다듬었을 것이다. 원하는 질감이 나
올 때까지 손으로 주무르는 줌치의 시간이 녹아 있는 한
지는 단단하고 아름답다. 연약할 것이라는 편견을 날려
버린다.

　내가 삶의 후반부를 다시 주무르고 비벼주며 새로운 호
흡으로 이어 가듯 나의 아이들도 자신의 인생을 치열하게
만들어가길 기대한다. 엄마 옆에서 조바심치는 딸도 내년
에는 독립시키기로 마음먹었다. 내 인생 최고의 친구이지
만 엄마 걱정으로 동동거리는 걸 원치 않기 때문이다. 지
인들은 함께 지내는 편이 좋다고 말하지만 나는 그렇게
생각하지 않는다. 자신의 삶은 결국 스스로 쌓아가야 하
는 것이니까. 대신 딸과 함께 맛집도 다니고 소문난 베이
커리 카페도 찾아다닌다. 같이 해외여행도 다녀왔다. 미
래의 시간을 앞당겨 쓰고 있다. 그것만으로도 행복하다.
나는 딸에게 웃으며 말한다. "엄마 있을 때 엄마 없이 혼

자 살아가는 연습을 해! 엄마도 최선을 다해 네 옆에 있으
려 노력할게."

딸의 인생이 어떤 동글들로 채워질지 아들의 삶이 어떤
둥글들로 만들어질지 나는 모른다. 하지만 어떠한 길을
선택하건 그 삶이 동그라미임을 안다. 물 흘러가듯 편안
한 삶도 좋지만 비벼지고 주물러져서 단단해진 삶은 아름
답다. 아이들이 원하는 장소에서 자신의 방식으로, 찬란
한 동그라미로 피어나길 기도한다.

그림이 건네는 질문

✦ **당신의 인생은 어떤 모양으로 펼쳐질까요?**

✦ **나를 단단하게 만들어 주는 힘은 어디서 오나요?**

최수진, ⟨푸들 셰프⟩, 2020, Oil on Canvas, 37.9x45.5cm

김은신

아빠와 김치찌개

오래 먹어온 음식은 귀하다. 다른 어디에서도 먹을 수 없으며 무엇으로도 대체할 수 없는 음식은 특별하다. 부모님 댁에 갈 때마다 아빠표 김치찌개를 먹으며 안도한다. 김치찌개일 뿐인데 매번 감탄하게 되는 까닭은 무엇일까. 이토록 흔한 음식이 각별해지는 이유는 무엇일까. 어릴 때 먹던 음식을 여전히 맛볼 수 있다는 게 얼마나 감사한 일인지 이제는 안다. 아빠의 김치찌개는 단순한 음식에 머물지 않는다. 축적해 온 시간과 함께 불변하는 가치의 영역으로 이동한다.

영혼을 울리는 음식, 추억이 담긴 음식이라는 뜻의 '소울 푸드'는 마음에 깃든 그림자를 몰아낼 뿐 아니라 일상에 시달려 지친 허기까지 채워 주기에 그 자체로 치유다. 음식은 나날들을 길어 올리고 연대는 소리 없이 이루어진다. 소란한 식탁 위에서 당신의 손은 분주하다. 우리에게 거듭 음식을 권하는 당신은 정작 앉을 새가 없다. 손주들은 또랑또랑한 목소리로 할아버지를 부른다. "할아버지, 식당 차리세요. 최고의 맛집이 될 거예요." 아빠는 웃음을 터뜨리지만 아이들의 표정은 사뭇 진지하다.

　아빠의 비법은 '돼지고기 듬뿍'에 있다. 김치 반, 고기 반이 황금비율이지만 대부분 고기양이 더 많다. 지난여름 몇 번이고 전화로 여쭤가며 처음으로 찌개를 끓여 보았다. 한 번은 제대로 배워야지 하는 마음이었다. 아이들이 놀라면서 할머니 댁에 언제 다녀왔느냐고, 할아버지 찌개 냄비를 엄마가 들고 왔느냐고 물었다. 나는 의기양양하게 말했다. "엄마가 만들었어, 비슷해?" 엄지손가락이 척 올라온다. 아빠의 김치찌개에 버금가는 음식이 설날 떡국인데. 역시 떡 반, 고기 반이 황금비율이지만 김치찌개와 마찬가지로 고기가 대체로 더 많다. 팔팔 끓여낸 떡국에 달걀을 풀고 김 가루를 풍성하게 올리면 완성인데, 맑고 깔

끈한 떡국에 익숙한 남편은 걸쭉하고 꽉 찬 식감에 여전히 적응하지 못한다.

　올해는 엄마가 내린 금지령을 잠시 해제하고 휴가 기간에 김치까지 담그셨다. 눈이 어두워지신 아빠를 엄마가 옆에서 살뜰히 도왔다. 마늘 한 쪽까지 깨끗이 준비한 김치가 아빠표 김치찌개의 꽃이다. "우리 진이가 잘 먹을 걸, 사 온 김치 넣어서야 김치찌개 맛이 안 나지." 재료는 싱그러운 색과 감칠맛으로, 고춧가루 찡한 향으로 추억과 포개진다. 포기김치다. 엄마는 아빠와 식성이 정반대다. 고기라면 냄새도 맡기 싫어하신다. 크리스털 접시 위에 올린 과일 한 쪽과 화이트 볼에 담긴 수프가 엄마의 취향이다. "너희 아빠는 먹기 위해 사시는 것 같다. 사람이 어떻게 평생 식욕이 좋냐?"며 절레절레 고개를 젓곤 하신다. 그래도 아빠 성화에 엄마가 조금이라도 드시는 셈이니 다행이라고 할까.

　최수진 작가의 〈푸들 셰프〉는 보송보송 솟는 땀도 아랑곳하지 않고 보글보글 요리에 혼신을 다하는 갈색 푸들이

주인공이다. 익어가는 음식에서 피어오르는 하얀 김 뒤의
배경은 새까만 일색이다. 한 치 앞도 가늠할 수 없는 어둠
이 버티고 있다. 자칫 실수라도 하면 미끄러져 빠질 것 같
은 칠흑의 늪이다. 셰프는 어둠을 뒤돌아보지 않는다. 불
꽃의 크기와 익어가는 정도에만 진지하게 몰입한다. 아빠
도 그랬다. 그는 눈도 깜박이지 않으며 가족만 바라봤다.
결핵에 걸린 딸을, 기운이 없어서 어지러운 아내를, 앉아
서 공부만 한다는 손주를 떠올리며 국자에서 손을 떼지
않았다. 결국 나는 건강을 되찾았고, 엄마는 지금껏 무사
하시고, 손주는 대학에 들어갔다. 칠흑에서 빠져나왔다.
기도하듯 진지한 〈푸들 셰프〉에게서 아빠의 모습을 발견
한다. 그의 무수한 기도가 등에 진 어둠을, 근심과 소음을
밀어냈음은 물론이다. 다시 불 앞에 선 아빠는 불로장생
의 영약이라도 만드는 듯 진지하다. 맛보지 않아도 이미
진국이다. 진하게 우러난 그 마음이 우리를 살린다.

그림이 건네는 질문

+ **당신의 소울 푸드는 무엇인가요?**
+ **시간이 지나도 잊을 수 없는 식탁이 있다면?**

이아람, 〈WEDNESDAY, WE WERE BLACK AND WHITE〉,
2022, 캔버스에 아크릴, 53x65cm

권새봄

무채색의 행복

딸들이 아침부터 분주하다. 모의고사가 있어 평소보다 1시간 일찍 등교하는 까닭이다. "언니, 내 바지 어딨어?", "세탁기 위에 개켜놨어. 다음부턴 찾기 전에 좀 생각 좀 해 봐.", "어디? 오늘 입어야 하는데 어쩌라는 거야?" 작은딸이 거울 앞에서 앞머리를 헤어 롤러로 말다 말고 바지를 찾으러 일어선다. 학교 가는 데 뭐 그리 단장이 필요한지, 일찍 일어나 책을 펼치기는커녕 거울 앞에서 찍어 바르느라 아침 먹을 시간도 없다. 먹는 것보다 보이는 것이 중요한 때라는 걸 알기에 애벌레처럼 벗어 둔 잠옷을 보고도 애써 모른 척을 한다. 두 살 터울인 자매는 성격이 완전히 다르다. 큰딸이 침착하고 객관적인 성향이라면 작은아이는 즉흥적이고 감성적이다. 같은 배에서 나왔는데도 어쩜 이리 다른지, 아롱이다롱이가 맞다.

올해 고3인 큰딸은 어릴 적부터 손이 가지 않는 아이였다. 잘 먹고 잘 자고 무던한 성격이었다. 아장아장 걸을 무렵에는 밝고 고슬고슬한 머리칼이 너무 사랑스러워서 '너는 천사구나.' 생각할 정도였다. 그림책을 볼 때면 열 권이고 스무 권이고 진득하게 앉아 있었고 놀이터에서는 그 누구보다 씩씩하게 뛰어놀았다. 덕분에 '딸이란 무릇 이렇게 제 몫을 다하는 건가 보다.' 생각하게 되었다. 그랬던 아이가 초등학교에 들어가면서 애를 태우기 시작했다. 방학이 끝나갈 무렵이면 학교에 안 가겠다고 떼를 쓰는 일이 반복되었다. 그 일로 나는 아이가 변화를 싫어한다는 사실과 새로운 곳에 적응하기 위해 오랜 시간을 들여야 한다는 걸 알게 되었다.

건강했던 큰딸과 달리 작은딸은 어릴 적 병치레로 내 혼을 쏙 빼놓았다. 열이 날 때면 응급실로 들고 뛰어야 했고 면역력이 약해 마음대로 먹지도, 아무 곳이나 가지도 못하는 게 일상이었다. 다행히 천성이 밝아서 제 몸이 아픈

상황에서도 항상 웃는 아이였다. 정이 많고 살가워서 어
딜 가든 사랑을 듬뿍 받았다. 그런 아이를 볼 때면 어릴
적 고생이 성격에 묻어나지 않아 다행이라고 생각하곤 했
다. 건강해진 이후에는 무엇을 하든지 적극적이어서 '제
언니와는 딴판이네.' 싶을 때가 많았다.

　달라도 이렇게 다를 수가 없는 두 녀석이 사춘기가 되자
집이 조용할 날이 없었다. 사소한 일에도 티격태격, 하나
부터 열까지 옥신각신이었다. 자매 없이 자란 나는 이해
하기가 어려웠다. '이것이 진정 자매지간의 현실인가?' 걱
정스럽기까지 했다. 그러던 어느 날 내가 심하게 아팠다.
사흘이 지나도록 꼼짝없이 앓아누워만 있었다. 그런데 이
게 무슨 일인가. 얼굴만 맞대면 으르렁대던 딸들이 일사
불란해진 것도 그때였다. 둘은 각자 시간을 정해 집안일
을 나누고 강아지 산책을 시키고 식사 메뉴를 정해 막내
를 챙겼다. 종일 아무것도 먹지 못하고 신음하는 나를 위
해 죽을 끓이고는 몸을 일으켜 떠먹이는 수고도 마다하지
않았다. 검정과 흰색처럼 섞이지 못했던 녀석들에게서 뭔
지 모를 다정함이 묻어나왔다. 깊은 채도의 색감에서 느

꺼지는 고운 감성이었다.

이아람의 작품에서 두 딸이 보인다. 흰옷을 즐기는 큰아이와 검은색의 옷이 주류인 작은 아이가 무심한 듯 나를 바라본다. 전혀 다르지만 서로의 영역이 분명해 함께 걷는 길이 외롭지 않을 아이들이다. 아픈 동생 때문에 많은 것을 양보해야 했던 큰아이의 서운함과 아픈 와중에도 막내를 살뜰하게 챙기던 작은 아이의 포근함이 회색과 핑크 배경을 닮았다. 내 품에서 '엄마, 엄마!' 하던 녀석들이 어느새 자라 엄마를 살필 줄 아는 나이가 되었다. 키우느라 아등바등했던 시간이 두 녀석의 반듯한 모습에서 희석되는 것만 같다. 검정과 하양, 세상에 없어서는 안 될 두 색이 내 삶에 함께여서 얼마나 다행인지 모른다. 작품 속 두 색의 절묘한 대조, 그 속에서 어우러지는 교차가 사랑스럽다. 이토록 빛나는 무채색이라니!

그림이 건네는 질문

+ **당신이 잃지 않고 싶은 작은 빛은 무엇인가요?**
+ **오늘 당신을 환하게 만든 순간이 있었나요?**

비어트리스 엠마 파슨스, 〈정원길〉, 1920, Watercolor, 25x35cm

이경숙

매혹되다 하양

"아주 슬퍼하거나 아주 화가 난 일을 표현해 보세요."

연극치료사를 꿈꾸는 분이 진행하시는 '감정 연극'에 10회 참여하기로 했다. 기꺼이 나서기는 했지만 떠오르는 장면이 없다. 나는 아주 분노하거나 슬픔을 표출하지 않는 것 같다. 감정을 누르고 산다고는 할 수 없지만, 평온을 유지하고 싶은 건 맞다. "너는 안 그래?" 소리치고 싶을 때도 있지만 눌러 참은 적이 많다. 물론 최근에 이해할 수 없었던 사회적 사건들에는 마구 분노를 쏟아 내기도 했다. 하지만 대체적으로 감정의 파고가 높지 않은 편이다. 기뻐 죽겠거나 슬퍼 쓰러지겠다. 무엇에 훅 간다는 느낌은 없다. 덤덤한 나를 보며 '감정 연극'을 지도하는 분은

'너를 분출하게 할 거야. 눈물도 흘려야 할걸.' 하고 아주
단단히 벼르시는 것 같다.

감정을 쏟아내는 것은 물론 취향을 주장하는 것도 드문
일이었다. 카페에 가도 무난한 아메리카노만 주문했다.
동네 엄마들끼리 여행을 갈 때도, "난 다 좋아, 결정되는
대로 다 따를게." 하고는 쫓아갔으나 실은 괜찮지 않았다.
내 의견을 냈어야 한다는 생각을 나중에야 했다. 식구들
과 외식을 할 때도 내가 먹고 싶은 것을 정해서 모이자! 하
면 좀 더 간단할 것을, 저마다 다른 입맛에 맞추려다가 누
구도 만족스럽지 않은 식사가 된 적도 있었다. 그리 친밀
하지 않으나 마지못해 나가는 모임도 있다.

그런 나지만 '매혹되다'라는 감정을 느꼈던 순간은 강렬
했다. 남편이 텃밭을 가꾸러 간다기에 함께 나섰던 날이
었다. 겨울의 끝 언저리, 땅이 녹기 시작하면서 먼지 냄새
같기도 안개 냄새 같기도 한 것들로 어수선했다. 외진 도
로로 들어서는데 머리 위로 우산이 펼쳐지는 것 같았다.
고개를 들어보니 하얀 벚꽃 더미가 하늘을 가리고 섰는데

그만 아찔했다. 하얗다는 것이 이렇게 예쁜 것이구나, 색의 질량에 압도당하는 기분이었다. 개나리와 진달래, 이름 모를 봄꽃들은 나를 뒤덮은 하양에 비하면 무채색에 불과한 느낌이었다. 올망졸망한 것들의 너머에 있는 닿지 못할 세상이랄까. '아! 너무 좋다.' 저도 모르게 감탄이 터져 나왔다.

비어트리스 엠마 파슨스의 〈정원길〉이라는 작품을 만났을 때 그날의 감동이 되살아났다. 생각해 보면 몇 년 사이, 하얀색에는 당할 도리가 없어 도리질을 쳤던 것 같다. 늦되게 봄을 알리는 백목련의 탐스러움이 그러했고, 진달래 지고 나면 차오르는 하얀 철쭉이 그러했다. 찐분홍 철쭉은 하얀 철쭉 옆에서는 빛을 잃고 천박한 조화 느낌마저 들었다. 전시회가 있어 호접란을 선물할 때도 가능하면 하얀 호접을 찾았다. 심지어 사람도 그러했다. 멋들어지게 하얀 원피스를 입은 사람을 보면 한 번 더 돌아다본다.

지금껏 나는 좋은 게 좋은 거라 여겼다. 그래서 타인에게 맞추며 살았다. 하지만 그날 이후로 취향을 밝히는 일에 주저하지 않게 되었다. 사소한 선택이 쌓여 취향이 되고, 취향이 모여 그 사람이 된다. 그것이 옷에, 얼굴에, 태도에 나타나서 그 사람을 정의하게 된다. 이제 다시 누군가 "당신은 매혹된 적이 있으세요?" 묻는다면 자신 있게 말할 수 있겠다. "네, 저는 하양에 매혹되었습니다. 아무것도 섞지 않은 하양 자체가 주는 압도적인 느낌에 매혹되었습니다."라고 얘기할 수 있을 것이다. 무엇도 선명하지 않았던 내가 '하양'이라는 것에 매혹되었다는 것이 대견하다. 내가 느끼는 매혹을 좋은 사람과 나누고 싶고, 또 다른 매혹을 찾고 싶다. 이렇게 나를 만들어가다 보면 나의 가장 좋았던 일, 슬펐던 일도 표현하기가 수월해지겠지.

그림이 건네는 질문

+ **당신에게 하양은 어떤 감정의 색인가요?**
+ **지금껏 살면서 '매혹되다'는 느낌을 받은 상대나 물건이 있나요?**

5장

삶과 마주하다

✦
✦
✦

삶을 돌아보는 그림

오스카 블룸, 〈In the Pergola〉, 1867~1912, 캔버스에 유채, 20x14cm

김단비

내가 사랑하는
느슨한 시간에 대하여

정오의 시간은 숨을 죽인다. 여인은 더없이 평온하다. 어딘가를 바라보고 있지만 실은 무엇도 보고 있지 않다. 포도넝쿨 그늘에서 책을 읽다가, 고요 속으로 잠겨들었다. 햇살은 그녀의 목덜미를 부드럽게 어루만지고, 입가에는 문장을 음미하는 미소가 번져 있다. 바람은 조용히 퍼걸러 아래를 지나가고 마음은 나뭇잎처럼 잔잔하다. 새소리는 멀리서 흐릿하게 들리고, 햇살은 대지에 나뭇잎 무늬를 새긴다. 어떤 말도 필요 없는 고요, 난 그 장면 앞에서 발걸음을 멈춘다. 저렇게 살고 싶다. 말로 꺼내지 않아도 되는 소망이, 마음속 깊은 곳에서 조용히 자라난다. 무언가를 갈망한다기보다, 이미 내 안에 오래 있었던 장면을 떠올리는 기분이다.

　그림 속 여인의 시간은 내 안의 시간과 맞닿아 있다. 그 순간부터, 그림을 가슴에 품었다. 나도 그런 삶을 오래도록 바랐다. 세상의 시간표가 아닌 내 호흡에 맞춰 흘러가는 하루. 바쁘게 돌아가는 세계 밖에서, 햇살 드는 창가에 앉아 커피를 마시고 책을 읽는 조용한 아침을 꿈꿨다. 그림을 처음 보았을 때, 나는 한참 동안 시선을 거두지 못했다. 그녀는 아무 말도 하지 않았지만, 많은 것을 말하고 있었다. 이상하게도 그 장면이 낯설지 않았다. 내가 마음속에 오래도록 간직해 온 어떤 이상이, 눈앞의 풍경으로 펼쳐진 것만 같았다. 그 여인은 누군가의 어머니도, 누군가의 아내도, 누군가의 동료도 아닌 채로, 그저 오롯한 자신으로 존재하고 있었다. 흔들의자, 나뭇잎 그림자, 고요한 한낮, 책 한 권. 그 모든 것들이 말없이 나를 향해 속삭이고 있었다. "이게 바로 네가 원하는 삶이야." 누구에게 보이기 위한 것도, 증명해야 할 것도 없는 그 시간. 그 풍경 속에서, 오래도록 잊고 있던 나를 다시 떠올렸다.

　하지만 현실은 그림 속 풍경과는 너무도 달랐다. 세무사 사무실은 그야말로 전쟁터였다. 매일같이 야근이었다. 전

화는 끊임없이 울렸고 머릿속은 숫자와 마감 일정으로 가
득했다. 업무는 정해진 대로 흘렀지만, 점점 내가 누구인
지 잊어갔다. 밤 10시가 넘어서야 집에 도착했고, 퇴근하
면 아무것도 할 수 없을 만큼 지쳐버렸다. 일상은 안정적
인 궤도처럼 보였지만 마음은 점점 말라갔다. 일과 생활
은 분리되지 않았고, 점점 무표정해졌다. "이게 정말 내가
바라던 삶인가?"라는 질문이 자꾸 떠올랐다. 어릴 적에는
분명 다르게 살고 싶었는데. 사람들과의 대화마저 형식적
으로 변했고, 거울 속 나는 늘 피로에 젖어 있었다. 어느
날 퇴근길 버스에서 창밖 어둠을 멍하니 바라보다 결심했
다. 이대로는 안 되겠다고. 지금 멈추지 않으면, 내가 아
닌 누군가로 끝나 버릴 것만 같았다.

　그래서 결국 퇴사했다. 오래 준비한 결단은 아니었다.
더는 참을 수 없다는 감정이 나를 밖으로 이끌었다. 물론
주변 사람들의 걱정에 두려웠다. "책 좋아한다고 살아지
지는 않아.", "그냥 취미로 해. 직장은 다녀야지." 타인의
말이 날카롭게 꽂혔지만 나조차 내가 뭘 할 수 있을지 알
수 없었다. 돈이 필요했기에, 손으로 할 수 있는 일을 찾

아 헤맸다. 양초를 만들고, 프랑스 자수를 놓고, 뜨개질
도 배웠다. 하나하나 정성껏 만들었지만 정작 마음은 비
어 있었다. 손은 바빴고 결과물은 있었지만, 끝나고 나면
늘 허전했다. 무언가를 해냈다는 기쁨보다는, 그 과정에
서 내 존재가 사라진 허탈함이 컸다. 나를 설명할 수 없는
일들로 하루를 채우며, 나는 점점 내 중심에서 멀어졌다.
"이게 아니야. 이걸 하려고 회사를 나온 게 아닌데…." 허
무와 결핍이 나를 새로운 길로 이끌었다. 그곳에, 언제나
처럼 책이 기다리고 있었다.

　어릴 적부터 책을 좋아했다. 글자를 알게 되었을 때의
기쁨, 책장을 넘기며 세상을 넓혀가던 시절이 떠올랐다.
자유로웠던 순간은 늘 책과 함께였다. 책은 언제나 내 곁
에 있었다. 그래서 다시 책을 폈고, 아이들과 함께 책을
읽기 시작했다. 동네 아이들과의 독서 모임이 하루의 중
심이 되었다. 이야기를 나누는 시간은 어느새 내 삶의 일
부가 되었고, 가장 나다울 수 있는 순간이 되었다. 책을
읽고, 감상을 나누고, 질문을 주고받는 일상이 나를 서서
히 회복시켰다. 아이들의 눈빛 속에서, 살아 있다는 느낌

을 받았다. 책 속 문장들은 나를 잃지 않도록 붙들어주었
다. 지금의 난, 그림 속 여인과 참 많이 닮았다. 흔들의자
는 없지만, 햇살과 책과 고요한 숨결이 내 곁에 있다. 나
는 오늘도 천천히 책장을 넘긴다. 마치 삶이라는 문장을,
하루하루 써 내려가듯이.

그림이 건네는 질문

+ **인생에서 어떤 순간에 '지금 멈추지 않으면 안 되겠다.'라
는 생각을 한 적이 있나요?**
+ **당신의 삶을 '하루하루 써 내려가는 문장'이라고 한다면,
지금 어떤 문단에 머물러 있나요?**

최우, 〈내 작은 히어로〉, 2022, Oil on Linen, 40.9x31.9cm

김은신

당신은 나의 슈퍼맨

 나는 남편을 염둥이라고 불렀다. 물론 아버님 앞에서 나도 모르게 말한 것은 실수였지만 말이다. 남편이 어리다고 호칭까지 편하게 하면 보기에 안 좋다고 말씀하셨다. 그날 이후 때와 장소를 가릴 줄 알게 되었다. 최우의 작품 〈내 작은 히어로〉를 보고 놀랐다. 아니, 언제 온 건가, 우리 남편. 그림 속 히어로는 빨간 망토를 두르고 자신 있는 표정으로 앞을 응시한다. 하늘색 상의에 슈퍼맨의 에스가 또렷한 번개 형태다. 그의 우주에는 촛불도 강아지도 날아다닌다. "진아 팔을 쭉 뻗어 봐라." 결혼식 때 입을 양복을 맞추러 갔던 백화점에서 아빠는 말씀하셨다. "이게 다 뻗은 건데요?" 남편이 한껏 팔을 뻗었지만 재킷 소매 사이로 손은 보이지 않았다. 비록 남편은 팔도 짧고 키도 크지 않지만, 마징가라는 별명처럼 튼튼했다. 우리 가족 지킴이가 되어 어느 날은 뚜벅뚜벅, 어느 날은 날아서 방학 없는 출근도 벌써 수십 년째다. 젊고 건강하기만 할 것 같았던 남편도 이제 오십이 넘었고 마징가 팔다리는 척수증 진단을 받은 후로 저림 증상이 계속되고 있다.

통증을 내색하는 일이 없어서 무딘 나는 깜빡깜빡 잊는다. 어제 아침에도 잊고 말았다. 마감이 임박했건만 초고는 여전히 마음에 들지 않았다. 읽을수록 화가 났다. 그래서 하고 싶은 말이 뭐야? 맥락이 어색해! 너무 장황해! 내 안의 빨간 펜들이 일시에 달려드는 아침이었다. 오전 중에는 보낼 계획이었는데 볼수록 마음이 불편해졌다. 그때 남편이 반찬을 만들겠다며 냉장고에서 가지를 꺼내는 게 아닌가. 절묘한 타이밍이다. 남편은 나의 분풀이 대상이 되었다. 마치 들으라는 듯 혼잣말을 했다. "내가 도서관으로 갔어야 했는데!"

가지를 씻는 남편에게 볼멘소리를 계속했다. 이렇게 많이 사 오면 먹지도 않고 버리지 않느냐, 싫증 나서 계속

먹을 수 없지 않으냐, 지난번 오이김치도 고생만 하고 다 버리지 않았느냐. 잔소리에는 심술이 잔뜩 배어 있다. 글이 엉망인데 가지가 문젠가. 가지가 뭐라고. 노트북을 덮어 버렸다. "아야!" 최고 속도로 애꿎은 양파를 혹사하던 왼손 엄지손가락이 급기야 칼을 맞았다. 꽤 많은 양의 붉은 피가 하얀 양파 위로 흩뿌려진다. 나 봐라, 나 피난다. 모두 당신 때문이다, 라는 무언의 제스처다. 한동안 말없이 가지를 반으로 가르던 남편이 말했다. "피 많이 나네. 가지가 염증에 좋대서."

　좋대서, 좋대서, 좋대서… 모든 투덜거림을 받아 주던 남편의 한마디가 메아리가 되어 울렸다. 아, 우리 남편 아팠지! 남편은 통증으로 고생하면서도 아프다고 내색하지 않는다. 유머와 아재 개그가 일상이다. 그래서 못난 아내는 남편이 아픈 걸 자꾸 잊는다. 증상이 호전될 만한 식재료를 찾고, 비록 효력이 없을지라도 무한히 만들어 내는 게 '보통의 아내'일 텐데 무심한 아내, 이기적인 나는 '가지가 염증에 좋대서'라는 말에 순간 눈물이 핑 돌았다. 가지 볶는 남편 옆에서 뚝딱거리며 정리를 도왔다. 양념을 부으며 아까 화내서 미안했다 사과하니 남편이 말했다. "당신 늘 그렇잖아, 책 읽어야 하는데 나한테 가지를 볶으라고? 하면서 자기 손도 자르고 발도 자르고 그러잖아." 웃음을 터뜨리자 남편은 점점 더 웃기는 상황을 연출했다. 웃고 떠드는 동안 그 많던 가지가 먹음직스러운 반찬으로 변신했다.

스케이트보드를 타고 언젠가 날아 보겠다며 기술을 연마하던 남편. 더 이상 청년이 아니니 위험하다고 말리던 그때가 꿈만 같다. 결혼 전 내게 보냈던 크리스마스카드에는 방주 위에 쌍을 이룬 동물들과 백발의 노아 부부가 서 있었다. "예수그리스도 안에서 오래오래 친구로, 애인으로, 아들과 딸로, 동역자로 100살까지 같이 있자." 또박또박 눌러쓴 약속이 어제 일만 같다. '내 작은 히어로'라는 제목을 '당신은 나의 슈퍼맨'이라고 바꾸어 본다. 핸드폰 이름을 슈퍼맨으로 수정한다. 어렵고 지치는 순간에도 진지하게 귀 기울이다 빵 터지게 만드는 당신은 우리들의 영원한 히어로다. 꼭 쥐고 있는 그림 속 두 손은 아프지 않아 보인다. 스케이트보드를 좋아하던 당신도 이제

나는 연습은 못 하게 되었지만, 그림 속에서는 이륙 직전이다. 미세한 움직임이 붉은 망토에 벌써 바람을 불어넣고 있다. 높이 날아올라 자유롭게 여행한 후에는 우리 곁으로 안전하게 착지할 것이다. 가지가지 하는 아내이지만 늘 전하고 싶은 말이 있었다. "사랑하오, 고맙소. 당신을 우리들의 슈퍼맨으로 임명하노라."

그림이 건네는 질문

+ **미처 못 한 말을 전한다면, 누구에게 무슨 말을 해 주고 싶나요?**
+ **당신의 히어로는 누구인가요?**

송은영, 〈빨간 치마〉, 2022, 린넨에 유채, 97x145.6cm

정혜원
아픔을 딛고 얻은 선물

휴대폰 액정 화면에 아이의 이름이 뜬다.

"응!! 민아."

"엄마 놀라지 말고, 들어주세요." 가슴이 쿵! 하고 내려앉았다.

"혀가 좀 이상해서 세브란스 병원에 조직검사 예약을 했어요."

그 무렵 회사에서 크게 스트레스받는 일이 있었다고 했다. 잠도 제대로 자지 못한 채 대학원 수업까지 병행하며 피로감이 쌓였다고 했다. 대학생 때부터 밤을 새우는 날이 많더니, 혀에 백반증이 생겨 늘 신경이 쓰였던 모양이다. 그 부위가 달라지고 느낌도 좋지 않아 병원을 찾았단다. 설암 분야에서 가장 권위 있는 의사이니, 걱정하지 말라고 했다. "그래, 괜찮을 거야. 암이라도 빨리 발견돼서 다행이야."라며 아이와 내 마음을 다독였다. "검사 날짜가 언제인데? 엄마도 같이 갈게."

조직검사 결과는 설암이었다. 암의 진행 정도를 정확하게 알기 위해 다른 검사를 받아야 했다. CT, MRI, PET 등의 검사를 하고 수술 일정이 잡혔다. 방사선 치료 여부는 수술 후 결정하기로 했다. 젊기에 암이 빠르게 커질 수 있고 특히 설암은 경부 림프절로 전이될 위험이 높다. 아이는 혀의 백반증 크기가 작아졌던 경험을 적용하여 상태가 더 나빠지지 않도록 애썼다. 2024년 1월 31일, 다행히 수술은 예상했던 시간보다 짧게 걸렸다. 다음 날 레지던트는 환부가 깊지 않아서 혀를 많이 절제하지 않았다고, 절제된 부위는 새살 돋듯이 원상태처럼 서서히 회복되고 발음도 괜찮을 것이라 했다. 수술이 잘 됐다는 말을 듣고 아이도 나도 졸이던 마음이 조금은 놓였다.

아이는 3일째부터 콧줄을 끼워 식사를 시작했다. 경관 식사는 이물감뿐만 아니라 불편한 점이 많았다. 아이는 모든 과정을 참아내며, 의료진의 지시를 성실히 따랐다. 가능하면 스스로 하려 했고 그 와중에도 나를 배려했다. 낮에는 바깥바람을 쐬고 오라 권했고, 밤에는 다른 환자들의 코골이에 내가 깊이 잠들지 못할까 염려했다. "엄마가 언제 이렇게 널 보살필 수 있겠니. 이것은 엄마 몫이니 엄마가 하게 해 줘, 그래야 엄마 마음이 편해."라고 했더니 아이는 노트에 자신의 마음을 써서 보여 주었다. "엄마 마음이 많이 힘이 드실 거예요. 저는 수술이 잘 되었으니 걱정하지 마세요. 병원에서 잘 주무시지도 못해 피곤할 거예요. 엄마, 편하게 교대하세요. 식사 시간에 꼭 맞추지 않아도 돼요. 저 혼자 식사할 수 있어요." 아이는 엄마의 육체적인 고됨은 물론, 마음의 아픔까지 헤아렸다. 엄마는 어떤 상황에서도 자식을 위해서라면 힘을 낼 수 있는 존재라는 사실을 아이는 아직 알지 못한다.

아이와 운동 겸 다른 병동 1층에 있는 아트스페이스에 갔다. 송은영 작가의 〈비확정적 풍경〉이 전시되고 있었다. 집의 실내를 그린 그림들. 사물의 분명한 선과 선명한 색이, 아이의 수술을 치르며 흐려졌던 뇌를 자극했다. 처음에는 색과 형태로 주의를 끌었다. 그림들이 무언가 이상하다. 현실과 다른 무엇이 있다. 지금 나의 상황과 닮은 듯했다. 〈빨간 치마〉라는 제목의 그림 앞에 섰다. 아이의 병명을 듣고 암과 관련된 책을 읽으면서 내 정신과 몸은 일체가 아니었다. 아이가 병원에 입원하고 상황에 대처하면서도 꿈속인 듯했다. 부정하고 싶은 마음이었는지 발 딛고 있는 현재가 가상인 것 같았다.

여자는 액자 속의 인물인가? 액자 밖에 있는 인물인가? 무심코 작품을 보다가 이제껏 보아왔던 그림들과 다르다는 것을 인식했다. 그림을 자세히 보면서 보물찾기하듯 모순된 것들을 찾아보았다. 여자는 식탁에서 무언가를 하는 듯하지만, 머리와 어깨는 액자 속의 그림이다. 식탁 의자도 불안정하다. 의자의 뒷다리 두 개가 벽의 몰딩 부분에 감춰져 있다. 꽃 일부는 벽지의 그림이다. 벽 아랫부분의 몰딩은 벽에 붙어 있는 냉장고 위로 둘러있다. 우리가 평상시에 보아온 모습이 아니다.

때때로 일어난 일이 현실이 아니기를 바라는 순간이 있

다. 그러나 받아들여야 앞으로 나아갈 수 있다. 내 상황이 그러했다. '내 아이가 암이라니….' 당사자인 아이의 마음은 얼마나 어지러울까, 내 마음의 힘듦을 내색할 수 없었다. 현실을 받아들여야 빠른 조치를 할 수 있으니, 감정은 미뤄두고 이성만 작동시켰다. 그림은 아이에게 일어난 일이 현실이 아니기를 바라는 내 마음을 보여 주고 있었다. 현실과 비현실이 교차하는 그림. 그럼에도 아름다워 시선을 붙들고 나의 현재를 자각하게 했다.

퇴원 전 검사에서 경과가 좋아 방사선 치료는 하지 않았다. 아이는 휴학하지 않고 학교를 잘 마쳤다. 아이는 암의 원인을 생각하며 퇴원 후 삶의 태도를 점검했다. 먹는 것의 중요성, 삶을 만들어가는 과정에서 힘을 안배하는 방법, 삶의 방향과 속도를 결정하는 기준, 생각을 실행할 수 있도록 하는 것은 몸이라는 깨달음. 아이가 아픔을 딛고 얻은 선물이었다. 모든 과정이 고마웠다. 그리고 믿었다. 투병이 아이의 기나긴 삶의 여정에서 의미를 얻는 날이 분명 올 것이라고.

그림이 건네는 질문

+ **자신의 상황을 인식하게 하는 그림이나 글이 있었나요?**
+ **아픔을 겪은 뒤의 삶은, 이전의 삶과 무엇이 달라질까요?**

문명숙, 〈엄마가 지붕 위에 있다〉, 2012, Acrylic on Canvas, 97x162cm

이경숙
나의 그녀들에게

"나는 이 그림을 보고, 애기를 낳고 하는 일이 그냥 일어나는 일인 줄 알고 대수롭지 않게 살아왔는데…. 이렇게 서로 간에 힘써야 하는 일이었다는 것을 알았어요."

"나는 저 달걀 안에 노른자가 '아기'이고, 바깥의 껍질이 '엄마, 나'라는 생각을 했어요. 애기를 낳고서도 밭으로, 논으로, 부엌으로 정신없이 다니느라고 나를 돌보지 않았어요. 저 그림에서 달걀 껍데기 옆에 건축하듯이 구조물을 세우고 뭔가를 만드는 모습을 보니까 '아, 나를 돌보지 않았구나.' 하는 생각이 들었어요."

"달걀노른자를 태양으로 표현했네요. 화가들은 머리도 좋아야 하는가 봐요, 아주 복잡하게도 그렸어요."

살바도르 달리의 〈egg sun ray〉 그림에 진솔한 감상들

이 쏟아진다. 어느 예술 감상 시간에 이런 말을 들을 수
있을까. 최연장자 86세, 평균 연령이 75세인 그녀들의 모
임에서는 매번 상상하지 못한 이야기가 쏟아져 나온다.

고흐의 〈농부가 있는 밀밭의 일출〉 그림을 보면서도 감
상이 다르다. 한 선생님은 "뒤에 민가도 보이는데 왜 혼자
서 일해요. 고흐의 인생만큼이나 고독하네요." 하신다. 겨
우내 독감을 앓으며 '이제는 죽는구나!' 싶었는데 아들조
차 찾아오지 않아 서운하고 외로운 시간을 보낸 분이다.
다른 선생님은 "나는 이 그림에서 수확의 기쁨이 느껴져
요, 저 낫질에서도 자신감이 느껴지잖아요." 하신다. 그
삶이 평탄하지만은 않았으나 늘 긍정적인 마음으로 생활
하시는 분이다. 올해도 옥상 텃밭에서 온갖 식물을 거두
며 키우는 보람과 나누는 즐거움을 누릴 것이다. 같은 그
림이라도 본인의 경험과 이해에 따라 이렇게나 다르게 보
이니 예술의 세계는 넓고도 깊다. 열 가지가 넘는 '해돋이'
그림이 바뀔 때마다 낮은 탄식이나, 햇살 같은 환호를 보
내며 살아온 내공으로 통찰 어린 감상을 표현한다. 각자
마음에 든 그림을 골라 글로 정리하며 오늘의 '그림으로

걸어가는 글쓰기'를 마무리한다.

　열 분의 선생님들은 올해로 3년째 여정을 함께하고 있다. 모임을 시작할 때 나는 글이 주 매개이던 '자서전 쓰기'에서 벗어나 '그림'으로 접근하는 '글쓰기'를 시작하고 있었다. 나의 그녀들은 '그림으로 걸어가는 글쓰기' 콘텐츠를 적용하고, 다듬고, 실행하는데 큰 디딤돌이 되었다. 그림을 볼 때마다 신기해했고 지적 호기심에 눈이 반짝거렸다. 비록 고흐의 일생을 아무리 반복해서 얘기해도 '아~ 그렇군요.', '정말요?' 매번 처음 듣는 것처럼 반응하긴 하지만, 열심히 듣고 있는 것만은 확실하다.

　나의 그녀들은 칠순, 여든의 소녀가 되어 당신들의 삶에서 가장 빛나는 고개에 올라서 있다. 초등학교 때 오르간을 치던 선생님에게 반해, 여전히 교사의 꿈을 꾸며 늦은 나이에 방송대를 졸업한 '노을' 선생님. 너덜너덜해진 일어 사전을 붙들고 아직도 공부 중인 대쪽 '구나' 선생님, 맨 공주 같고 만년 소녀지만 가슴에 자식을 묻으신 '순정' 선생님, '이젠 끝이구나.'란 말을 달고 살지만, 당신만

의 그림을 꾸준히 그리는 멋쟁이 '꽃기린' 선생님, 여리여
리한 몸으로 주변 사람들을 품는 '은구슬' 선생님, 이번 학
기에 합류하여 그림 보기가 신기하다며 두 눈을 반짝이는
'꽃다지' 선생님, 새벽달을 보며 일어나는 공부 열정, 방통
대 신입생 '찬누리' 선생님, 한국의 타샤 튜더를 꿈꾸는 영
원한 방랑자 '초원' 선생님, 옥상 텃밭을 가꾸는 마음으로
시의 텃밭을 일구는 '달꽃' 선생님, 아카시아의 아찔한 향
을 글로 풀어내는 작가 '미리내' 선생님까지. 강좌를 진행
하는 내내 그녀들에게 감탄하지 않을 수 없었다.

날이 추우면 괜찮으실까 염려되고 독감이 돈다고 하면
못내 걱정스럽다. 수강생들의 건강까지 챙겨야 하는 강사
는 스스로 애잔한 마음이 들기도 하지만 오히려 그녀들이
내게 많은 것을 주었다. 그녀들의 너그러움에 강의를 하
는 내내 어깨가 펴졌고, 그녀들의 사랑을 먹고 자라 점점
당당해졌으며, 그녀들의 경이로운 눈길에 자존감이 높아
져서 무섭다는 중2 수업 제안이 들어와도 쫄지 않게 되었
다. 나는 지금도 그녀들과 함께 성장하고 있다. 나의 그녀
들에게 문명숙 작가의 〈엄마가 지붕 위에 있다〉를 선물하

고 싶다. 그림 속 엄마는 훌쩍 지붕 위에 올라 생각에 잠겨 있다. '나의 그녀들'은 어려운 시대를 살아오면서 자신의 꿈도 사랑도 세월과 가정에 헌신하고 묻었다. 고단한 세월을 버티며 묵묵히 삶을 견뎌온 그녀들이 그림 속 엄마와 겹쳐 보였다. 지붕 위의 시간을 건너, 지금이 제일 좋다는 그녀들! 나는 가늠할 수 없는 그녀들의 삶을 엿보고, 매만지고, 되새기며 그림과 함께 걸어 나갈 것이다.

그림이 건네는 질문

+ **나이가 들어서도 잊지 않는 꿈을 간직하고 있다면 어떤 것인가요?**
+ **실버세대와 공감하며 함께 할 수 있는 활동에는 무엇이 있을까요?**

정은희, 〈세월의 흔적〉, 2014, 줌치한지에 손바느질, 35x35cm

민대희

함께 자란 배움의 시간

나이 들어간다는 일은 두렵다. 깊게 팬 주름살과 늘어진 피부, 짙어지는 검버섯을 마주하는 것은 힘든 일이다. 마음속의 나는 여전히 젊고 생기가 넘치기에 현실의 노화를 받아들이기가 어렵다. 몸과 마음의 괴리감 때문에 자주 우울해진다. 하지만 이 우울감에서 빠져나오는 시간이 있으니, 바로 일주일에 두 번 있는 시니어 건강 체조 수업이다. 여러 직업을 가져 보았지만, 60세에 체조 강사가 될 줄은 상상도 못했다. 주민센터에서 시니어 건강 체조를 시작한 지 3년째가 지난 지금은 안다. 우연과 필연이 얽혀 얻은 이 직업이 엄청난 행운임을 말이다.

수강생들의 나이는 60대부터 90대까지 스펙트럼이 넓

다. 처음에는 어느 연령대에 기준을 두고 운동을 해야 할지 고민도 많았지만, 시간이 흐르면서 기우였음을 알게 되었다. 나이를 뛰어넘는 위대한 힘, 그것은 '즐거움'이었다. 젊은 시절 들었던 노래에 맞추어 신나게 몸을 움직이다 보면 어느새 청춘의 그때로 돌아가 있다. 어찌나 흥이나는지, 수업 시간이면 시린 무릎도 허리 통증도 모두 잊어버린다. 나도 수업을 진행할 때만은 나이 듦에 대한 두려움을 내려놓게 된다.

우리나라에서 시니어 연령대에 이르렀다는 것은 전쟁과 산업화, 금융위기를 두루 겪고 이제는 디지털 시대에 적응하려 애쓰는 삶을 의미하기도 한다. 신체적 건강과 재정적 안정을 누리는 사람들도 있지만, 자녀 문제나 건강 문제, 노후 문제까지 풀기 어려운 과제를 안고 살아가는 세대이기도 하다. 이러한 K-시니어들에게 필요한 것은 운동이 아닐까 싶다. 나이가 들수록 땀을 흘려야 한다. 부지런히 움직이지 않으면 질병에 따라잡히고 마음의 건강까지 잃게 된다. 단순히 늙어 가는데 머물지 않고, 건강하게 나이 들기 위해 애쓰는 수강생들을 보면 존경스럽다.

정은희 작가의 전시회에서 본 한지는 우리 시니어들의 삶과 닮아 있었다. 나무는 껍질을 벗고, 햇빛을 견디고, 삶아지는 과정을 견뎌 종이가 되고, 종이는 다시 물에 적셔지고 뭉치고 펴지는 과정을 거쳐 작품이 된다. 시대의 격동 속에서 성실하게 살아온 수강생들의 삶도 긴 시간을 거쳐 작품이 되었다. 〈세월의 흔적〉은 세월의 흐름 속에 우리가 어떻게 변해 가는가를 보여 주고 있는 듯하다. 인고의 과정을 거쳐 푸르른 잎이 낙엽이 되고, 화려한 꽃이 열매가 되듯 모습을 바꾸어 간다. 하지만 그것은 완성의 과정일 뿐 결코 소멸이 아니다. 작가는 촘촘한 바느질로 삶의 흔적을 보여 주었다. 우리의 생이 결코 스쳐 지나간 시간이 아니라는 것, 그 아름다운 흔적은 영원하다는 것을 보여 주는 듯했다. 과연 우리가 새긴 세월의 흔적은 무엇일까? 수강생들과 함께 작품을 감상할 수 있다면 얼마나 좋을까? 작품을 통해 자신의 세월을 돌아보고 그 흔적을 서로 나눌 수 있다면 얼마나 좋을까! 아쉬운 마음을 이렇게 글로나마 선물하고 싶다.

즐겁게 운동하며 몸의 건강을 지키고, 예술을 삶으로 초대해 마음까지 풍요롭게 만든다면, 정말 멋진 K-시니어의 삶이 될 것이다. 신나는 음악과 즐거운 운동을 통해 건강을 되찾는 시간을 함께하는 축복을 누린다. 우연히 내 곁으로 온 이 일을 오랫동안 할 것이다. 운동을 할 수 있는 직업을 가진 것에 감사하며, 적은 수입일지라도 그 이상의 보람이 있다고 믿는다. 언젠가 인생 선배들과 함께 예술을 감상하는 소망을 품어본다. 몸과 마음에 새겨진 세월의 흔적을 예술을 통해 나누어 보고 싶다. 은발의 시니어들이 미술 작품을 마주하며 삶의 의미를 찾아가는 모습을 상상하는 것만으로도 가슴이 벅차오른다. 함께 운동하고 미술 작품도 보며 예술을 누리는 삶, 온화한 주름살과 가벼운 발걸음이 매력을 더하는 예술향유자로서의 나와 K-시니어의 삶을 계획해 본다.

그림이 건네는 질문

+ **나의 삶에도 세월의 흔적이 있다면, 그것은 어떤 색과 질감일까요?**
+ **작품처럼 시간이 지나면서 더 단단해진 나만의 예술 혹은 삶의 방식이 있나요?**

호아킨 소로야, 〈해변 따라 달리기, 발렌시아〉,
1908, 캔버스에 유채, 90x166.5cm

김성아

힘을 빼고 자유롭게
몸을 맡기면

그림 속의 이들이 한없이 자유로워 보인다. 시원한 파도 소리와 웃음소리가 함께 들려오는 것만 같다. 미소와 자유로운 달리기, 그리고 즐겁게 수영을 즐기는 이들이 눈에 들어온다. 물결의 흐름에 자유롭게 몸을 맡기고, 이 순간을 온전히 즐기고 있다. 수영을 못하는 나는 그저 부럽기만 하다. 이들처럼 물결과 바람의 흐름에 자연스럽게 몸을 맡길 수 있다면 얼마나 좋을까.

그러나 나는 온몸에 힘을 꽉 주고 미래를 걱정하고 경계하면서 살아온 나날들이 더 많았다. 자유를 갈망하고 무위를 누리는 것을 좋아하는 사람이지만, 진짜 모습을 사람들에게 들키지 않으려고 애를 썼다. 날이 바짝 서 있으

면서도 다른 사람들에게는 멋지고 여유롭게 보이고 싶어
했으니, 안팎이 다른 부조화에 에너지가 몇 배로 쓰였다.
그러다 보니 더 쉽게 지쳤다. 힘을 빼고 쉬는 시간이 당연
히 필요한데 충전의 순간마저 나태하다고 여겼다. 잠시의
틈도 온전히 누리지 못했다. 몸과 마음에서 힘을 빼기가
쉽지 않았다. 그래서 삶의 중요한 순간들을, 사소한 것에
힘이 빠진 채로 맞이했다. 몸과 마음이 너덜너덜해서 정
작 해야 할 일에 제대로 집중하지 못했다.

　그래서 힘을 잘 빼는 사람들이 늘 부러웠다. 내 주변에
있는 사람 중 이것을 가장 잘하는 이가 같이 사는 짝꿍이
다. 우리 가족의 분위기는 늘 팽팽하게 긴장되어 있었고
그렇기에 온몸에 힘을 주고 살아야 했다. 반면 남편 가족
의 분위기는 전반적으로 느긋하다. 힘을 빼야 할 순간과
주어야 할 순간을 잘 아는 분들이다. 그림을 보며 삶을 곱
씹을수록 '힘을 뺀다.'라는 표현이 마법의 문장처럼 느껴
진다. 몸과 마음에 모두 적용할 수 있는 문장이라니. 참
멋지게 느껴진다. 몸의 힘을 잘 빼는 사람이 마음의 힘도
잘 뺄 수 있겠지.

나는 운동에 갈 때마다 코치들로부터 힘을 빼라는 잔소리를 듣는다. 그러나 아무리 해도 감을 못 잡겠다. 나의 몸은 대체로 굳어져 있고 뭉쳐 있다. 몸을 잘 다루지 못하고 운동신경이 없다. 반면 힘 빼는 것을 잘하는 짝꿍은 몸을 잘 다루고 운동신경도 좋다. 힘을 잘 빼두어야 필요한 순간 제대로 집중할 수 있다는 걸 남편을 보며 배운다. 언제나 더하는 것보다 빼는 것이 어려웠다. 아등바등 용을 쓰며 매일을 살았다. 자연스러운 물결의 흐름이 아니라 버티려는 몸부림이었다. 오늘도 가라앉지 않으려 발버둥 치는 내게 그림 속의 이들이 말을 걸어온다. 세월의 물결을 느끼며 힘을 빼고 몸을 맡겨 보자고, 그래도 아무 일도 일어나지 않는다고 말이다. 두둥실 떠가고, 멀리 나아가려면 힘을 빼야 한다고 속삭인다.

한 줄의 문장만큼 힘을 빼본다. 숨을 깊게 들이마시고 내뱉는다. 한 줌의 힘이 빠져나간 마음의 공간을 느끼며, 그곳을 내가 좋아하는 것들로 채우는 상상을 해 본다. 해야 하는 것들로만 채워진 삶에서, 나를 위한 마음의 공간을 만들어 본다. 가만히 눈을 감고서 삶을 자유롭게 헤엄

치는 나의 내일을 떠올려본다. 지금 이 글을 읽고 있는 당신도 나처럼 어딘가에 힘이 들어가 있다는 것을 알아차렸다면 정말 잘했다고 박수를 보내고 싶다. 어디에 힘이 들어갔는지 알아야 힘을 뺄 수 있을 테니 말이다. 이 그림을 보는 당신이 마시고 내쉬는 숨에 팽팽하게 들어가 있는 힘을 빼고, 나와 함께 가벼워지길 소망하는 밤이다.

그림이 건네는 질문

+ **힘을 빼기 위한 나만의 노하우는 무엇인가요?**
+ **자유로움을 느끼는 순간은 언제인가요?**

프레데릭 칼 프리스크, 〈거울을 든 여인〉, 1911, 캔버스에 유채, 80.6x81cm

이영미

생의 오후를 맞이하며

　화사하다. 파우더룸의 알록달록한 색감에 기분이 절로 좋아진다. 꽃병에 가득한 꽃이 뿜어내는 은은한 향기가 공간을 그윽하게 한다. 연분홍과 하늘색이 어우러진 산뜻한 여름 원피스를 입고 거울 앞에 선 여인이 우아하다. 발그레한 볼과 붉은 입술에서 건강한 활력이 느껴진다. 풍성한 밤색 머리를 곱게 빗어 깔끔하게 뒤로 틀어 올렸다. 단정한 그녀의 성격이 짐작된다. 오늘은 하늘색이 어울릴까, 아니면 은색이 어울릴까. 목걸이를 이리저리 대보다가 잠시 손을 멈추더니 손거울에 얼굴을 비춘다. 어디에 시선이 머물렀을까. 나도 그림으로 들어가 얼굴을 비춰본다. 원숙한 중년의 얼굴이다. 이마에는 가느다란 주름이 여러 줄 새겨져 있다. 하늘이 얼굴에 그려 준 연륜이다.

주름 사이에 새겨진 시간을 사진첩 넘기듯 떠올려본다.

　사십 대의 분주하고 불안한 여인이 보인다. 직장 일에, 딸 둘을 키우느라 한참 애를 쓰던 시절이다. '천사'라는 별명을 가졌지만, 사실은 싫은 소리 듣기를 두려워했기 때문이다. 다른 사람 눈치를 보느라 매일 전전긍긍했고, 힘에 부쳐도 도움을 청하지 못해 늘 피곤했다. 퇴근하고 나면 녹초가 되어 딸들과 여유 있게 시간을 보내지 못하니 미안한 마음이 쌓였다. 어느 순간 탐스럽던 머리칼에 윤기가 사라지고 얼굴엔 짙은 그늘이 드리워졌다. 직장 일도 벅찬데 사춘기를 지나며 혼란스러워하는 아이들을 보면 내 부족함 때문인 것만 같아 죄책감에 시달렸다. 몸과 마음이 지푸라기처럼 말라가고 속은 텅 비었다. 결국 자가면역질환과 우울증이 찾아왔다. 어찌할 바를 몰라 캄캄한 굴속에 웅크려 지냈다. 그렇게 몇 해가 흘렀다.

　어느새 나이 오십, 지금은 돌아가신 엄마가 큰 병에 걸리셨던 때이다. 어느 날 문득 이런 생각이 들었다. '만약 내게 남은 시간이 많지 않다면, 무엇이 가장 아쉬울까?'

하늘에 계신 엄마에게 조용히 물었다. "엄마, 나 어떻게 살아야 해?" 엄마의 걱정스러운 목소리가 귀에 맴돌았다. "애야, 아이들 돌보듯이, 남을 살피듯 너도 좀 챙겨라. 즐거움도 찾고 명랑하게 살아 봐." 그날 이후 나 자신도 보살피기로 마음먹었다. 그 시간이 나에게 힘이 되어, 건강도 서서히 회복되었다.

　'무엇을 하면 기쁘고 행복할까?' 스스로에게 물었다. 우선 나를 위한 시간을 뚝 떼어 쓰기로 했다. 아침 일찍, 세상이 고요한 시간에 일어나 나를 마주하고 일기를 썼다. 속상했던 일을 노트에 풀어놓고 나를 위로하며, 긍정과 감사의 글을 적다 보면 시끄럽던 마음이 차분해졌다. 일주일에 한 번은 내 안의 어린아이와 단둘이 데이트했다. 가까운 공원을 걷고, 카페에서 향긋한 차를 마시니 기운이 나기 시작했다. 거울을 제대로 바라볼 여유조차 없었는데, 외모에도 조금씩 신경을 쓰게 되었다. 연분홍의 밝은 옷을 입고 머리를 정성껏 빗어 단장하니 기분이 환해졌다. 나를 뒤로 미루지 않고, 어린아이를 다루듯 살뜰히 보살폈다. 행복은 강도가 아니라 빈도라 했다. 평온하고 즐거운 시간이 촘촘히 쌓여, 나를 지탱하는 그물이 되었다.

거울 속 이마의 주름에서 시선을 옮겨 내 볼을 바라본
다. 한때 짙은 그늘이 드리워졌던 자리엔 은은한 붉은 기
운이 감돈다. 피부의 탄력은 예전만 못하지만, 여유를 품
은 표정이 마음에 든다. 손거울을 탁자 위에 내려두고 전
신거울 앞에 선다. 오십 대 후반, 삶의 오후가 막 시작되었
다. 허리에 손을 얹고 어깨를 쫙 편다. 자신을 돌볼 줄 아
는 친절한 여인이 거기 서 있다. 그 모습이 제법 흡족하다.

그림이 건네는 질문

+ **거울 속 당신은 요즘 어떤 표정을 짓고 있나요?**
+ **거울 속 나에게 단 한 마디를 건넬 수 있다면, 어떤 말을 하
  고 싶나요?**

한스 자츠카, 〈A Beautiful Flower Girl〉,
1900년대, 캔버스에 유채, 82x50cm

박미진

꽃처럼 활짝 피어나

그림은 해답을 찾지 못한 오래된 문제, 당장 해결해야 하는 문제, 새롭게 생긴 문제에서 도망치고 싶을 때 선명하게 말을 걸어오기도 한다. "피한다고 문제는 사라지지 않아! 그러니 피하지 마!"라고. 게다가 가끔은 어떤 조언이나 충고보다 현명한 해답을 내어 주기도 한다. 빨간 스타킹이라니. 내향형 인간인 나는 꿈도 못 꿀 일이다. 입가에 머금은 미소와 당당한 발걸음, 소녀는 꽃을 들고 어디로 가는 중일까? 아니면 누군가를 기다리는 중일까? 꽃은 누군가에게 받은 선물일까? 아니면 꽃을 팔러 나오는 길일까? 질문과 상상이 꼬리에 꼬리를 문다. 소녀의 표정이 밝고 환하게 빛난다. 고민을 해결할 묘수가 떠오른다.

"너는 어쩜 이렇게 반짝이니." 다섯 살이던 아이를 보고 누군가 말했었다. 아이는 빛을 잃은 건지 아니면 빛을 숨긴 건지 알 수 없는 고등학생이 되었다. 수행평가를 준비하면서도 툴툴대며 "도대체 이걸 왜 해야 하는지 모르겠다." 넋두리를 늘어놓는다. 시험을 보고 나면 바닥인 성적에 뙤약볕의 꽃처럼 시들어간다. 아이는 공부에 취미가 없다고 입버릇처럼 말한다. 배운 적 있지만, 기억에 없는 수학 개념, 뜻 모를 영어 단어에 쪼그라든다. 어려웠다고 생각한 과목을 친구들은 쉬웠다고 하니, 실망과 자책감에 엉엉 눈물을 쏟아 낸다. 공부가 전부가 아닌 것은 알고 있지만, 마음이 흔들리니 제대로 가르치지 못한 것 같아 후회가 밀려온다. 이럴 때는 아이에게 거는 말 한마디도 조심스럽다.

내게도 삶은 여전히 어렵고 힘들다. 하지만 때로는 맛있는 음식을 먹다가, 향기로운 문장을 읽다가, 다정한 사람과의 만남에서 인생의 기쁨을 깨닫기도 한다. 힘듦과 막막함, 답답함을 풀어내고 숨 쉬게 하는 소소한 일상의 무언가가 있다는 것을 안다. 그렇지만 풀 죽은 아이 앞에서 내가 가진 모든 지혜와 경험은 빛을 잃는다. 무조건 열정을 외칠 수도 없고, 두 주먹 불끈 쥐며 할 수 있다! 할 수 있다! 외친들 힘이 솟아날 리 없다. '엄마 때는 말이야.'를 시전하면 시작도 전에 귀를 닫는다. 아이가 크면 쉬워질 줄 알았는데 점점 더 어려워진다. 하고 싶은 것을 하면서 살면 좋으련만 호락호락하지 않은 세상의 쓴맛을 맛보며 지압 신발을 신고 길을 걷고 있다. 걸을 때마다 고통스럽고, 벗어 던지고 싶을 것이다.

"네가 물을 주고 정성을 다하는 대로 너만의 꽃이 피고 있어."라는 말은 아이에게 너무나 추상적이라 희망을 주지 못할 것이다. 그렇더라도 분명한 것은 매일 우리의 꽃은 피고 지고 핀다는 사실이다. 그림 속 꽃병 가득 꽂아 둔 꽃처럼, 길가에 흐드러지게 핀 꽃처럼 아름답게 피어나고 있다. 파란 하늘처럼 맑고, 눈이 부신 빛깔은 사라지지 않았다. 내 안에 반짝반짝 빛나는 내가 있다는 것을 알아차릴 때까지, 나다운 꽃을 피울 때까지, 생의 발걸음마다 기쁨이 깃들어 있다는 사실을 깨달을 때까지. 답장이 없어도 계속 응원 편지를 보내야지. 꽃은 자신의 계절이 되면 절로 피어나기 마련이다. 딸은 지금도 활짝 핀 꽃이다. 딸이 결국 건강하고 당당하게 삶을 살아 낼 것을 믿는다.

그림이 건네는 질문

+ **당신의 삶은 어떤 꽃으로 피어나고 있나요?**
+ **활짝 핀 꽃을 보면 당신은 어떤 기억이 떠오르나요?**

전소영, 〈되돌아 가는 길〉, 2021, Watercolor on Paper, 19x27.5cm

한윤신

되돌아가야 보이는 것들

멀리 보이는 산등성이와 마을의 지붕마다 소복이 하얀 눈이 내려앉았다. 눈 덮인 세상 위로 자신이 남긴 발자국을 바라보는 한 사람. 〈되돌아 가는 길〉이라는 그림은 마치 우리 삶을 보여 주는 듯하다. 눈 덮인 길 위로 드리워진 그림자와 갈지자로 흩어진 발자국은 순탄하지 않은 인생과 닮았다. 인생의 여정은 때로 거칠고 험난하지만, 그 모든 순간이 지금의 우리를 만든다. 지나온 시간 속에서 우리가 걸어온 길은 각자의 선택과 결정을 통해 만들어진 결과물이다. 후회와 아쉬움이 남을 때도 있지만, 그조차도 성장의 일부이며 성숙의 과정이다.

되돌아보는 일은 삶에서 중요한 성찰의 기회를 가져다

준다. 과거를 되짚어보며 우리는 자신이 어떤 선택을 했고, 그 선택이 어떤 결과를 낳았는지 깨닫게 된다. 그림 속 길은 단순한 도로가 아니라 우리의 선택과 경험이 쌓인 흔적이다. 되돌아봄은 감정의 정리를 도와준다. 과거의 좋았던 순간이나 힘든 경험을 회상하며 잊고 살았던 기쁨을 되찾거나 묻어두었던 감정을 조심스레 꺼내볼 수도 있다. 그렇게 마음의 짐을 조금씩 내려놓으며, 새로운 시작을 향한 용기를 얻는다.

그림 속에는 강아지 한 마리가 등장한다. 홀로 앞서가는 듯 보이지만 주인이 잘 따라오고 있는지 신경 쓰고 있음이 느껴진다. 강아지는 마치 삶의 동반자 같다. 함께 길을 걸으며 서로의 존재를 지지하고 깊은 유대감을 형성한 그런 관계 말이다. 나에게도 그런 사람들이 있다. 대학교에 들어가 새로운 친구들을 만났다. 처음에는 어색해서 짧은 대화가 고작이었지만, 어느새 과제를 핑계 삼아 과방에서 늦은 밤까지 서로의 고민을 나누는 사이가 되었다. 1학년 여름방학을 맞아 떠났던 여행은 오랜 시간이 지났음에도 여전히 선명한 기억으로 남아 있다. 우리 모두 서울을 처음 떠나보는 촌뜨기들이었다. 강원도 삼척까지 가는 길에 펼쳐진 푸른 바다와 하늘이 아직도 눈앞에 선하다. 돈이 넉넉하지 않았던 탓에 허름한 민박집을 잡았지만, 우리는 해변에 도착하자마자 모래사장에 벌러덩 드러누워 웃음을 터트렸다. 7월의 햇살은 눈부셨고, 귓가를 스치는 바람은 시원했다. 그날 저녁 우리는 바닷가에서 모닥불을 피우고 서로의 꿈을 이야기했다. 친구의 목소리에서 느껴지는 진심은 나에게 큰 위안이 되었고 그 순간만큼은 서로의 삶에 있어 없어서는 안 될 존재라고 느낄 수 있었다. 지금은 어디서 무엇을 하는지 모르지만, 그 순간들이 있었기에 나는 두려움을 딛고 미래를 향해 나아갈 수 있었다.

〈되돌아 가는 길〉에서 느껴지는 아름다움과 깊은 감정은 인생의 길에서 만난 사람들과의 순간이 얼마나 큰 의미를 지니는지 깨닫게 한다. 그들과 나눈 웃음, 힘든 순간의 위로, 함께한 여행의 기억들은 모두 내 삶의 중요한 일부였다. 돌아보면 나는 결코 혼자가 아니라 서로의 손을 잡고 걸어왔음을 알게 된다. 인생은 쉽지 않지만, 그 속에서 만난 소중한 사람들과의 순간들이 나에게 큰 위안이 되었다. 기억은 흐릿해지겠지만 언제나 내 마음속에 살아 숨 쉬며 나를 더욱 빛나게 해 줄 것이다. 우리의 삶은 되돌아봐야만 그 소중함을 알 수 있다. 오늘 내가 걸은 이 길도, 언젠가 다시 떠올리면 또 다른 추억이 되어 있을 테지.

　되돌아보기는 단순한 회상이 아니라, 삶의 방향을 찾아가는 과정이다. 과거의 경험과 순간들이 모여 지금의 나를 이루었다는 확신을 얻을 수 있었다. 결국 되돌아봄은 우리에게 성장과 변화의 기회뿐만 아니라 더 나은 미래를 꿈꾸게 한다. 이 과정을 통해 비로소 진정한 나를 발견할 수 있다. 되돌아봄은 삶의 여정에서 반드시 필요한 '성찰의 시간'이다. 그림 속의 길은 우리가 걸어온 과거이기도 하지만, 그 길을 되돌아보는 순간에 자기 내면을 들여다보는 뜻밖의 경험과 마주하게 한다. 그러한 조우를 통해 우리는 조금 더 나은 내일을 향해 한 걸음씩 나아갈 힘을 얻는다.

그림이 건네는 질문

+   **되돌아보았을 때 가장 선명하게 남아, 다시 만나고 싶은 순
    간은 언제인가요?**

+   **당신의 삶에서 함께 걸으며 곁을 지켜준 '따뜻한 동행자'는
    누구였나요?**

에필로그

그림을 통해 삶을 만나다

권새봄

한 점의 그림 앞에서 시작된 이야기들이 글이 되어 모였다. 함께 바라보고, 함께 써 내려간 시간 속에서 우리는 서로의 감정을 비추는 거울이 되었다. 그림이 우리에게 보여 준 것은 단순한 색과 선이 아니라, 살아가는 순간순간의 아름다움이었다. 이 페이지를 덮는 지금, 읽는 이의 삶 속에서도 새로운 색이 피어나길 바란다.

김단비

열네 명의 시선이 그림 앞에 머물고 그 마음들은 각자의 언어로 피어났다. 이 책은 우리가 발견한 삶의 색과 결이다. 사랑을 춤추듯 살아 낸 시간, 고요 속에서 마주한 나, 담쟁이처럼 조용히 자라난 꿈. 세 편의 이야기는 곧 내 삶이다. 흔들리면서도 끝내 포기하지 않았던 마음들을 꾹꾹 눌러 담아 썼다. 이 조심스러운 진심이 독자에게 조용히 가 닿기를 바란다.

김미경

그림을 보며 누군가를 떠올렸고, 그에게 하고 싶은 말을 생각했다. 글을 모아 책이 되는 순간, 누군가에게 하고 싶던 말들이 내게 하는 말이었음을 깨달았다. 그 순간이 나에게 선물이 되었다. 열네 명이 함께 모여 한 권의 책을 만드는 내내 '배려'와 '진심'이라는 말을 생각했다. 책을 준비하면서 한 뼘 더 성장하는 나를 만났다. 그림을 보고 글을 쓰던 때의 행복이 이 책을 읽는 이들에게도 전달되었으면 하는 바람이다.

김성아

나에게 글쓰기는 책임감이 가득 필요한 일이었다. 직업상 누군가의 삶에 영향을 미칠 수 있는 작업이기에 무겁고 틀을 벗어날 수 없었다. 그래서 그림을 보고 자유롭게 쓰는 시간이 더없이 즐거웠다. 나를 위한 글을 쓰며 새로운 나를 만나고 행복을 찾았다. 이 책이 누군가에게 자유와 즐거움을 주는 씨앗이 되길 바란다.

김은신

그림 한 점으로 시간의 먼지를 털어 냈다. 잊지 못할 추억을 떠올리고 소중한 사람들과 만났다. 그림을 통과한 만남이 글이 되어 조금 더 단단해졌다. 옹기종기, 때론 외따로 그림 앞에 섰던 시간이 한 권의 책으로 묶였다. 즐거운 여정으로 이끌어주고, 다정한 동무가 되어 준 모든 분께 감사하다. 언제까지나 처음의 설렘으로 그림 앞에 서겠다.

민대희

그림을 그리는 시간은 행복하다. 하지만 그보다 더 행복한 시간은 그림을 바라보고, 그 속에서 마음을 찾고, 그 마음을 글로 쓰는 시간이다. 세상에 수많은 그림이 있지만 마음이 머무는 그림은 따로 있듯이, 많은 사람 중에도 진심이 오가는 사람을 찾을 수 있다는 것은 행운이다. 마음을 나누는 귀한 인연들을 만날 수 있음에 감사한다. 어려서부터 그림을 좋아했지만, 지금처럼 그림과 온전히 하나가 되었던 적은 없다. 르네 마그리트의 〈승리〉에 나오는 문처럼 그림과 함께 빛나는 나날들이 열리기를 희망한다.

박미진

아직 모든 예술을 온전히 누리진 못한다. 한 점 그림도 편식하듯 고른다. 가끔은 작가의 의도를 맞추려는 마음이 불쑥 올라온다. 그래도 발걸음을 멈추게 하는 그림을 만나면, 선과 색, 형태와 빛을 통해 삶을 다시 빚는다. 그림 덕분에 오늘도 나는 앞으로 나아간다. 이 책을 읽는 이들에게도 마음을 두드리는 그림 한 점을 만나 한발 더 나아갈 수 있는 응원이 되길 바란다.

유은정

예고 시절 미술 전공 친구들의 그림이 복도에 걸려 있는 것을 보았을 때, 그림에 대한 나의 동경은 시작되었다. 설렘 가득한 마음으로 복도를 거닐다가 갤러리로 발걸음을 옮겼다. 멀기만 했던 그림이 내 삶을 읽어 주는 한 편의 글이 되었다. 고맙고 신기하다. 나를 치유해 준 그림과 글이 내 가족과 지인들에게도 위로가 되어 주길 기대해 본다. 사랑과 감사의 마음을 전한다.

이경숙

함께 책을 내자. 마음을 모으며 겨울을 보냈고 글을 쓰며 봄을 지나쳤다. 어느새 한여름이다. 그림을 고르고 글을 다듬으면서 '함께하다.'의 뜻을 새삼 되새기고 있다. 배려와 희생, 결심과 실행이 따르는 일이라는 걸 이제는 안다. 우리가 함께였기에 이야기는 비로소 온전해졌다. 가을이 오면 우리는 더욱 다채로워질 것이다.

이영미

어릴 적 백과사전 속 명화가 신기하고 마냥 좋았다. 쉰 살이 넘어 다시 떠오른 그 설렘 덕분에 예술을 누린 지도 어느새 수년이 되었다. 머물렀던 그림은 지나온 길을 비추고, 앞으로 걸어갈 방향을 은은히 보여 주었다. 모퉁이를 돌면 어떤 풍경이 펼쳐질지 기대된다.

정은희

'한지작가'로 활동하면서 작가 노트를 쓰는 일이 작업보다 더 버겁게 느껴질 때도 있었다. 그런 내가 공저에 참여한다는 사실은 생각지 못한 엄청난 도전이다. 함께 한 이들의 하나 된 마음이 나를 이끌었다. 예술 창작과 향유는 같은 마음에서 시작되며, 향유자로서의 태도가 창작자를 성장시킨다는 사실을 기억하려 한다.

정혜원

미술관은 물론 공공장소에서도 그림을 만나면 느긋이 들여다보며 내면의 소리를 듣는다. 가족이나 벗들과 함께 작품을 볼 때면 그들의 이야기에 귀를 기울인다. 자연스럽게 나누고 공감하며, 서로를 깊이 알아가는 시간이다. 그림은 사람과 사람 사이에 있다. 예술은 삶의 한가운데에 있다. 이 글을 읽는 당신도 그림을 통해 자신의 이야기를 발견할 수 있기를 바란다.

한윤선

나에게 미술관을 찾는 일은 밥을 먹고 숨을 쉬는 것과 크게 다르지 않았다. 마음이 복잡하고 생각이 많아질 때면 자연스레 발걸음은 갤러리로 향했다. 고요 속에서 홀로 나누던 대화가, 함께할 이들을 만나 반짝이는 이야기가 되었다. 우리는 예술로 연대하며 꿈을 키웠고, 이제 그 꿈의 종착지에 마침표를 찍으려니 가슴이 뭉클하다. 우리였기에 가능했다고 말하고 싶다.

허제선

앞만 보며 달리다 문득, 오늘의 풍경도 지금의 마음도 내 곁의 소중한 사람도 자주 놓쳐왔다는 걸 깨달았다. 예술 앞에 머물고, 마음을 글로 풀어내는 시간은 어지러웠던 내 안을 천천히 다독여주었다. 멈춰 서는 법, 바라보는 힘을 다시 배우는 시간이었다. 이 글을 읽는 당신도, 조금 느려도 괜찮다고, 충분히 잘하고 있다고 따뜻하게 안아주고 싶다.